FRANCIS CHAGNEAU

L'ESTUAIRE

Roman

© 2021 Francis CHAGNEAU

Édition : BoD - Books on Demand

12/14 rond-point des Champs-Élysées, 75008 Paris

Impression : BoD - Books on Demand, Norderstedt, Allemagne

Illustration : Pixabay

ISBN : 978-2-3222-5098-1

Dépôt légal : Juin 2021

La vérité est comme le soleil. Elle fait tout voir et ne se laisse pas regarder.

Victor Hugo

PRÉAMBULE

L'estuaire de la Gironde depuis la nuit des temps, charrie au rythme des marées une eau chargée de limon qui lui confère une étrange ressemblance avec le *Mékong*. Il suffirait de quelques jonques pour que l'illusion soit au rendez-vous. À la limite de l'eau, les roseaux et les ajoncs décorent la lisière aquatique couverte de gros cailloux et de vase.

Il fait beau ce matin de fin d'été, le ciel d'un bleu intense se reflète sur l'eau lui donnant une apparence bleu clair. Un petit souffle d'air ondule harmonieusement les ajoncs. Dissimulé par les plantes aquatiques et les roseaux, un homme pêche.

Le niveau de l'eau est encore bas, il se tient debout sur le lit de la rivière tapissé de pierres et de cailloux glissants. À ses pieds, quatre petites cordes disparaissent dans l'eau trouble. De temps en temps, à l'aide d'une canne fourchue, il soulève une corde jusqu'à ce qu'apparaisse un petit filet cerclé de fer au centre duquel pend une sorte de petit sac. Il contient un appât dont on ne peut distinguer la nature, il retourne alors le filet sur un seau pour recueillir des petites crevettes blanches endémiques à l'estuaire. Une fois le filet vidé, il le remet à l'eau. Il répète le geste pour chacun des filets.

L'atmosphère est paisible, seul le clapotis de l'eau sur la berge trouble le silence. Une douce lumière colore en jaune orangé les quelques bâtiments qui tranchent sur le vert tendre des roseaux, de l'autre côté, sur l'île, en face du pécheur. Celui-ci le regard fixé sur cette rive, l'observe entre deux remontées de filets.

N'importe quel promeneur regardant ces berges porterait un regard banal sur l'île, mais pas Alex.

* **

Alex aura bientôt 60 ans. Il porte un regard sombre sur l'île. Elle est pour lui le symbole d'une période difficile, d'un drame vécu par ses arrières grands-parents.

Il y a cinquante ans qu'il n'est pas venu pêcher la crevette à cet endroit. La dernière fois c'était avec son grand-père, à l'époque le filet, on dit aussi « balance », était en toile de sac de pommes de terre et le cerclage provenait d'une vieille barrique hors d'usage. On appâtait avec une coque de melon accrochée à un bout de fil de fer recourbé. La pêche n'était pas miraculeuse, mais Alex était ravi et fier de ramener une poignée de crevettes à la maison.

L'île nouvelle, c'est son nom, fait partie des nombreuses îles de l'estuaire. De dimensions modestes, quelques kilomètres de long pour plusieurs centaines de mètres de large, elle était autrefois habitée, on y cultivait la vigne, le blé et le maïs.

Cette île a été un malheur pour ses ancêtres. À l'époque, ses arrière-grands-parents avaient un fils unique, ils habitaient sur l'île où ils étaient ouvriers agricoles.

Ils étaient venus sur ce bout de terre isolée pour travailler. Ils arrivaient d'un coin reculé de Vendée où il n'y avait plus de place pour eux. Ils avaient fui les mauvais traitements infligés par un patron violent. Ayant pris leur baluchon, ils étaient arrivés là, car il y avait du travail.

À l'époque, l'île était peuplée d'une centaine d'âmes vivant en totale autarcie. Les seuls lieux de rencontre étaient la petite école et la chapelle. La consanguinité n'était pas rare, les seules distractions étaient, pour les enfants, le vagabondage dans les marécages et pour leurs parents les veillées avinées entre voisins. La culture de l'esprit ne faisait pas partie des préoccupations de ces gens simples et pauvres vivant repliés sur eux-mêmes, prisonniers volontaires de leurs patrons qui les payaient le plus souvent en litres de vin. L'alcoolisme en était la fatale conséquence. Entre les travaux des champs harassants, la consanguinité et l'abus de boisson, la vie s'écoulait péniblement. Un soir, leur jeune fils Jean ne rentra pas à la maison. Une battue fut organisée, la nuit ne permettait pas des recherches trop lointaines, ce fut le lendemain matin que l'on découvrit le corps du jeune garçon dans un fossé, au milieu des ajoncs. De loin en loin, des bouteilles vides traînaient sur le sol. La communauté se réunit et l'on apprit qu'un groupe de gamins plus âgés avaient organisé une beuverie à la sortie de l'école, ils avaient entraîné le jeune Jean pour le faire boire histoire de rigoler, une fois qu'il serait saoul. Seulement la farce avait mal tourné, Jean complètement ivre s'était mis à courir en tous sens et il était tombé dans un fossé profond rempli d'eau et de vase. Saoul et ne sachant pas nager il était mort noyé. Voyant cela, plutôt que d'aller chercher des secours, chaque gamin était rentré chez lui croyant naïvement à l'impunité. Ce drame décida les parents de Jean à quitter l'île. Il fallait avoir le courage et l'opportunité de franchir le pas. Les arrière-grands-parents d'Alex l'avaient eu. Ainsi, la famille fut sauvée du déclin inévitable dévolu à ces insulaires miséreux.

L'arrière-grand-père d'Alex possédait deux atouts majeurs, il était intelligent et très habile de ses mains. Il trouva une place comme ouvrier dans un atelier de fabrication de charrettes et de carrioles. De ce couple courageux et travailleur naquit un enfant, son grand-père Léopold. Léopold aussi habile que son père devint apprenti dans un atelier de charrettes, puis il créa son propre atelier de charron. C'est ainsi que s'appelaient les fabricants de carrioles et de roues de charrettes. La fabrication d'une roue demandait beaucoup de doigté. En effet, la réalisation finale consistait en un cerclage de fer forgé porté au rouge, puis déposé autour de la jante en bois et aussitôt refroidi par trempage dans de l'eau froide. Il fallait une grande dextérité pour réaliser cet assemblage sans faire brûler le bois.

La famille s'installa, et commença à prospérer modestement jusqu'à acquérir quelques arpents de vigne et obtenir quelques barriques de vin. Léopold et julienne sa femme, eurent deux enfants une fille et un garçon. Le garçon était le père d'Alex, il fit prospérer la branche « viticole » de la famille. Ainsi, Alex s'était toujours senti des racines vigneronnes.

Son père travaillait autant qu'il pouvait dans les vignes de Léopold et en tant que fermier dans celles des autres. Malgré cela les revenus ne suffisaient pas à nourrir la petite famille. Il fallait trouver d'autres sources de revenus.

C'est alors que par un heureux concours de circonstances les parents d'Alex apprirent que deux vielles personnes ayant une grande maison entourée de vignes souhaitaient vendre leurs biens en viager avec pour condition de s'occuper d'elles jusqu'à leur mort et de cultiver leurs vignes. En contrepartie tout appartiendrait à ceux qui s'engageraient dans cette charge.

L'affaire était alléchante, mais les obligations immenses. Les parents d'Alex, un peu aux abois, conscients des difficultés qui les attendait prirent contact et firent affaire. C'est alors que tout changea. Leur vie, la vie d'Alex, et l'avenir matériel de la famille. Ainsi la nouvelle résidence de la famille devint Le Sablas.

***

Les pensées d'Alex vagabondent, entre les histoires vécues par ses ancêtres sur l'île, et le souvenir de sa jeunesse lorsqu'il se trouvait là, à pêcher des crevettes.

Est-ce que sa présence ici était le symbole d'une vie qui va en s'amenuisant comme la berge qui se rétrécit, envahie inexorablement par la montée de l'eau à chaque marée? Il est au début de l'hiver de son existence, le destin l'a t-il amené ici sous prétexte de pêcher ces crevettes translucides en regardant l'endroit où tout a commencé et où peut-être tout va finir ?

Il n'a pas voulu retourner sur l'île qui aujourd'hui est inhabitée. Elle est devenue une réserve naturelle d'oiseaux. Une liaison maritime saisonnière amène les touristes pour visiter les ruines de ce qui reste du village et faire un circuit pédestre dans la réserve sauvage des marécages.

Étrange destinée, la boucle allait peut-être se refermer là, avec la marée. Alex ne voulait pas aller vers l'hiver, sa vie avait été un joli printemps, mais l'été et l'automne deux saisons orageuses instables.

Que représentent ces crevettes ridicules avec leurs petits yeux noirs inutiles dans cette eau où l'on ne voit pas au-delà d'un centimètre ? Elles s'agitent au fond du seau espérant encore rejoindre l'eau saumâtre. Et Alex, qu'espère t-il? Retrouver la jeunesse d'hier, les bonheurs passés, l'espérance de nouvelles aventures, des amours retrouvés, des poussées d'adrénaline ? Pour lui comme pour les crevettes, rien ne sera comme avant, il le sait, il n'y a pas d'issue, les crevettes dans le seau et lui, dans ce monde violent et corrompu qui le poursuit inlassablement depuis des années.

PREMIÈRE PARTIE

Chapitre I

Valparaíso Chili, 20 ans plus tôt.

Il fait grand jour, la fin de matinée était déjà chaude, la sirène du cargo annonce l'arrivée imminente dans le port de Valparaiso. Anne rassemble ses effets et se dirige vers le pont inférieur pour rejoindre l'équipage du cargo qui s'apprête à accoster. L'odeur d'huile, de gasoil et de mécanique chaude est à peine supportable dans cette cale confinée, elle a hâte que la porte s'abaisse pour faire entrer l'air et la lumière. Un léger choc, des bruits de chaînes, des ordres lancés par des talkies-walkies, la porte s'abaisse enfin sur la passerelle du quai. Cela fait deux mois qu'elle a embarqué au Havre. Le choix de voyager sur un cargo a été dicté par le côté exotique du voyage en mer.

Anne a quitté la France pour poursuivre ses études, et concrétiser ses recherches. Elle vient de terminer une thèse en sociologie sur les dictatures en Amérique latine et souhaite rencontrer les habitants du vaste monde, surtout ceux du continent sud-américain. Elle vient d'avoir trente ans, l'avenir est immense devant elle.

Anne aurait pu rester une petite bourgeoise de province comme beaucoup de ses amies. Elle est née à Bordeaux dans une famille de riches négociants. La famille habite dans une jolie résidence proche du centre-ville. Son père est dans le négoce du vin, il possède un bureau quai des Chartrons dans un bel immeuble en pierre de Gironde, comme tous les principaux établissements et monuments de la ville. Sa mère ne travaille pas, mais s'implique dans des œuvres de bienveillance organisées par la communauté catholique de la paroisse. Anne est fille unique, elle fréquente des jeunes de son milieu et cela l'ennuie parfois. L'été, ils partent en famille dans leur résidence secondaire en Espagne. La langue espagnole lui plaît. Les vacances lui permettent d'améliorer son vocabulaire avec les habitants du village et quelques jeunes de son âge. Elle sent en elle un besoin de s'ouvrir socialement, alors elle prend à la faculté une orientation dans les sciences sociales. La politique l'interesse, mais ce sont surtout les effets de la politique sur la société qui la passionne. C'est ainsi qu'elle s'oriente vers une thèse de sociologie et sur les conséquences humaines consécutives aux coups d'État et dictatures sud-américaines. Ses études la mènent à Paris. Elle découvre soudain la liberté. Liberté de penser différemment, liberté d'une vie plus ouverte, plus excitante que celle de la province sclérosée par les principes religieux et bourgeois du négoce bordelais.

Sa thèse terminée, elle rentre à Bordeaux et n'a qu'une envie, partir. Elle obtient de son maître de thèse l'autorisation de poursuivre vers un doctorat. Pour cela elle doit acquérir des connaissances sur le « terrain ». L'Amérique du Sud est tout indiquée. Mais elle a quelques scrupules. La rencontre d'un pays qui sort d'une dictature n'est-elle pas un alibi ? Va-t-elle y poursuivre ses études ? Où retrouver un amour perdu il y a quelques années ?

Anne a été élevée dans le cadre strict de la religion catholique et dans les mondanités de la bourgeoisie de province jusqu'à ce qu'elle parte à Paris. Elle aurait pu passer pour une « oie blanche », habillée sans fantaisie, toujours très polie, des amis et amies de son milieu. Elle aime le sport, le tennis, l'équitation et la natation. Ses amies lui trouvent un caractère agréable, elle se satisfait de beaucoup de choses pourvu que cela reste dans le cadre habituel. Elle a eu quelques aventures amoureuses sans suite, elle y a perdu sa virginité, mais personne ne l'a su dans la famille. Son séjour à Paris est un déclic notoire comme si elle avait subitement coupé le cordon nourricier d'une éducation formatée. La vraie vie s'offre à elle. Elle a des moyens financiers confortables lui permettant d'avoir un logement agréable dans un studio du Quartier latin. L'ambiance estudiantine parisienne l'étourdit, elle sort beaucoup, fréquente les bars et les clubs à la mode sans avoir de comptes à rendre. Ses études l'intéressent et les résultats sont bons. Son esprit s'ouvre sur une vie d'insouciance et de créativité au contact d'amis quelque peu artistes. Malgré la nature peu réjouissante de ses recherches sur les dictatures, la misère et la cruauté, de l'âme humaine ne la touche pas, cela reste très théorique dans son esprit. Elle devient une adulte intellectuelle avec une âme d'enfant gâtée déconnectée des réalités du monde. Elle en a conscience. Elle sait qu'après sa thèse, il faudra travailler vraiment, surtout si elle poursuit ses études vers un doctorat, mais ce sera plus tard – pense-t-elle, elle y pensera le moment venu.

* **

En 1980, un jeune étudiant Chilien Juan Elios arrive à Paris comme exilé politique. Il a fui son pays pour échapper aux arrestations arbitraires du régime Pinochet. Juan est un militant d'un parti de gauche, proche des idées politiques du Président Allende. Son seul salut pour éviter la torture et la mort était l'exil. À Paris, Juan, pour survivre, a fait comme tous les gens déracinés, des petits boulots. Il s'est inscrit dans une association pour apprendre des rudiments de Français et en parallèle, il travaille aux halles de Rungis où il décharge des camions de fruits et légumes. Puis une fois la langue française à peu près maîtrisée, il est devenu serveur dans un café du Quartier latin, c'est là qu'il a rencontré Anne. Le coup de foudre a été immédiat et réciproque. Lui, un beau jeune homme typé, le cheveu noir ondulant, des yeux noisette et un sourire enjôleur. Elle, une jeune étudiante grande et svelte, cheveux châtains, des yeux vert émeraude une démarche chaloupée féline, une queue-de-cheval lui balayant les épaules. Ils se sont aimés passionnément. Ils échangent énormément sur les sujets de politique et de conditions sociales, ils ont des cercles d'amis engagés dans des idées de gauche post 68, ils rêvent d'évolution de la société, ils ne sont pas pour autant révolutionnaires, mais plutôt se considèrent-ils comme avant-gardistes. Les années passent et les tensions politiques se calment au Chili. Juan le cœur blessé repart dans son pays. Ils restent longtemps en contact épistolaire, Anne promet toujours de le revoir, elle est persuadée que ses études lui ouvriront le chemin de l'Amérique du Sud. Elle a raison.

* **

Il n'y a pas beaucoup de monde sur le quai, peu de gens voyagent sur un cargo. Elle débarque au milieu de la circulation des camions, du bruit des grues gigantesques qui déchargent les marchandises du navire. Il est là, elle le repère tout de suite, il n'a pas changé depuis qu'ils se sont séparés. Ils se jettent l'un vers l'autre, le contact de leurs deux corps est incontrôlé et violent, ils restent enlacés pendant un long moment. Ils sont un îlot d'amour minuscule au centre du tourbillon mécanique des engins et des gaz d'échappement. Après l'étreinte et les regards humides viennent les mots. Des mots simples.

— Juan, enfin. Depuis si longtemps… Tu es toujours aussi beau !

— Toi aussi ma belle, je n'y croyais plus, que l'on puisse se revoir. J'ai tellement rêvé de toi !

Le merveilleux moment des baisers fougueux achevé, ils partent, se tenant par le cou vers la station de micros taxis pour rejoindre la modeste maison de Joan dans le haut de la ville.

L'émotion était trop grande pour qu'ils se parlent, ils se

blottissent l'un contre l'autre et cela leur suffit.

Juan habite dans les quartiers nord de la ville sur les hauteurs, là où les loyers sont les moins chers où la population survit grâce à de petits boulots, parfois de rapine, parfois aussi de trafics illégaux de marchandises dérobées sur le port. La délinquance est latente, seuls les habitants du quartier se sentent en sécurité. Les touristes peu nombreux ne s'aventurent pas jusque-là, les guides touristiques les en dissuadent. Si plus bas les maisons sont toutes peintes de couleurs chatoyantes aux décorations qui rivalisent d'originalité, ici il n'y a pas de couleur, le bois ou le béton est resté brut, ce qui accentue l'impression de précarité de ces quartiers. L'habitat de Juan a seulement deux pièces, une petite cuisine, salon et un coin toilette, le sol est en planches ainsi que les murs, cependant l'ensemble bien que réduit et rustique, reste confortable pour une personne seule.

Ils s'installent sur un vieux canapé-lit devant une petite table dont les pieds ont été coupés pour la mettre à la hauteur du canapé. Ils ouvrent deux canettes de bière et se regardent dans les yeux fixement jusqu'à ce que Joan demande :

— Quels sont tes projets ici, en dehors d'être avec moi bien sûr ?

— Je vais poursuivre ma thèse de sociologie et préparer un doctorat. Pour cela je dois m'imprégner de ce qui s'est passé pendant et après la dictature. D'ailleurs, j'aurais peut-être besoin de toi pour me guider, me mettre en contact avec des personnes et visiter les lieux les plus emblématiques de ces années-là.

— Super ! Je t'aiderai autant que possible, ce ne sera pas toujours facile, les gens sont peu bavards sur ces événements. Dans les universités, on commence juste à parler de ce qui s'est vraiment passé. Il y a un film tourné par un journaliste chilien qui montre de manière objective les événements et les différents courants qui se sont affrontés. Les étudiants sont surpris et partagés, cela suscite beaucoup d'échanges, certains qui étaient pros Pinochet commencent à changer d'avis. Nous avançons pas à pas vers la vérité.

— Et ton voyage en cargo ?

— C'est une bonne expérience, le voyage sur un cargo est long, mais tranquille.

Elle entreprend de raconter son voyage, décrivant la vie sur un bateau de commerce où personne ne s'occupe des quelques passagers, les marins sont toujours occupés, les seuls moments d'échanges sont les repas. À part quelques questions légitimes de curiosité, tout le monde reste discret. La vie est réglée sur le rythme des repas. La nuit, si la mer est calme, seul le ronronnement des moteurs est perceptible, le bateau est en sommeil. Dès le lever du jour, l'activité reprend, les allées et venues des marins, des bruits mécaniques apparaissent, les activités de maintenance à bord s'enchaînent. Le confort y est sommaire, mais convenable. Un salon pour lire et regarder des vidéos, sur le pont des transats sont accueillants pour méditer et admirer la mer, parfois on voit des dauphins, des baleines et des poissons volants. Les moments de méditation face à l'immensité de l'océan sont nombreux, c'est dans ces moments-là que l'on mesure combien nous sommes minuscules et vulnérables face à cette nature hostile. Au moindre coup de vent, la mer réagit et le bateau subit. On se rend compte que tout peut arriver et qu'alors les hommes formeront une force solidaire pour sauver leur vie. Il y a un paradoxe sur un bateau, tout va très lentement, le temps est suspendu à l'allure du navire et tout à coup en cas d'incident, tout s'accélère, le temps se contracte.

Elle décrit des moments magiques, par exemple le passage du canal de Panama. La traversée dure 10 heures, c'est impressionnant, mais ça manque de romantisme, seule la partie après les dernières écluses et le lac Gatún est apaisante, on se rend mieux compte du paysage luxuriant et escarpé, car les passages des écluses sont essentiellement un spectacle mécanique assez lent qui est sans grand intérêt et répétitif.

Juan et Anne échangent encore quelques bribes de leur vie, puis, avant d'aller dîner, ils s'abandonnent à une intimité sensuelle qu'ils ont l'un et l'autre oubliée depuis longtemps.

À leurs pieds et sur les deux collines de part et d'autre de leur rue, la ville brille de mille feux. Au loin, le port s'est endormi sous le ressac de l'océan Pacifique et scintille sous l'éclat blafard de la pleine lune.

Ils partent dîner dans un des multiples petits restaurants de la partie basse de la ville. À Valparaiso, la vie est trépidante en toute saison, l'ambiance sud-américaine bruyante, colorée, odorante et décontractée, elle est inhabituelle pour les quelques touristes de l'hémisphère nord qui viennent admirer cette ville hors du commun avec ses maisons multicolores entassées sur des collines dominant le Pacifique.

Une fois installé dans un coin calme du minuscule restaurant, Juan commande l'apéritif : deux Pisco Sour et deux plats typiques, des Pastel de choclo. Le pastel de choclo est un plat à base de maïs, de viande hachée de poulet, d'œuf, le tout cuit au four et servi brûlant. Le Pisco sour est un cocktail d'alcool de raisin, de citron et de blanc d'œuf et de glace passés au shaker.

Pour la deuxième fois de leur vie, ils sont heureux, les soucis du quotidien ne les ont pas encore rattrapés, ils sont dans l'insouciance bienheureuse d'une rencontre amoureuse. Un Océan les séparait de leur rupture passée. Anne se pose beaucoup de questions sur la vie de Juan, bien qu'il lui ait raconté ce qu'il faisait dans ses lettres.

—Depuis que tu es ici, comment vis-tu ? As-tu trouvé du travail ?

—Oui, tout va bien. Lorsque je suis revenu, j'ai voulu habiter Santiago. Mais rapidement j'ai compris que je n'y avais plus d'amis, certains avaient collaboré avec l'ancien régime, certainement pour sauver leur peau, mais dans le fond ils avaient changé. Je n'avais plus beaucoup de choses à partager avec eux. Mes parents ont échappé aux purges de Pinochet, ils vivent dans un minuscule appartement dans la banlieue nord-ouest de Santiago près de l'aéroport. Je ne me sentais pas bien dans cette ville, il me semblait que les fantômes de la dictature rôdaient encore dans certains quartiers, alors je suis venu ici. Je vis modestement, j'ai trouvé un emploi au centre socioculturel, tu vois, j'ai toujours mes idées de gauche. J'ai espoir de revenir à Santiago dans quelques mois ou quelques années, je ne sais pas encore si le temps arrivera à gommer les stigmates de toutes les cruautés passées.

Peut-être l'as-tu étudié, mais, malgré le retour de la démocratie, les miliaires ont changé profondément et durablement le Chili. Les lois de la dictature régissent encore le cadre institutionnel, économique et social du pays, elles opèrent une véritable révolution qui change radicalement les relations sociales et de classes dans le pays. Il y a toujours la souche progressiste des années Allende, elle reste dans l'ombre, peut-être un jour, aurons-nous la possibilité de retrouver la vraie démocratie que tous les pays d'Amérique latine nous enviaient, alors qu'à l'époque nos voisins vivaient l'enfer dans des systèmes politiques de misère et d'oppression.

Anne écoute et ne peut qu'approuver. Tout ce que Juan raconte est connu par ceux qui suivent les évolutions politiques des pays latinos américains. Justement dans sa thèse elle a survolé cet aspect post-dictatorial et a la ferme intention d'explorer plus en détail les évolutions sociétales laissées comme des cicatrices par les années de plomb de la dictature de Pinochet.

Le dîner terminé, ils remontent à pied les rues escarpées jusqu'à la maison de Joan.

***

Anne a un plan en venant au Chili. Trouver un travail pour vivre, mais avec du temps libre pour poursuivre son doctorat, sur les lieux de détention, avec des interviews d'habitants jeunes et anciens. C'est ce dont elle a convenu avec son directeur de thèse à condition que toutes ces investigations soient financièrement partagées.

Elle a une autre idée en tête, convaincre Juan de rentrer en France avec elle. Ce qu'elle ne sait pas, c'est que Juan a exactement la même intention, convaincre Anne de rester au Chili, car il ne souhaite pas quitter son pays.

Le lendemain elle entreprend de trouver du travail. Son Espagnol est moyen, mais elle parle bien anglais. Elle n'a jamais vraiment travaillé, sauf des emplois d'étudiant pendant les vacances.

Avec Juan ils sillonnent la ville – le bas de la ville où sont les commerces et les centres administratifs – rien ne correspond à leurs exigences, puis quelques jours plus tard, Juan a une idée.

— Et si tu travaillais le soir, de la sorte, tu aurais la journée pour tes enquêtes ?

— Oui, bonne idée, il faut que ce soit sans danger, je veux dire pas dans les bas-fonds près du port.

Juan parle de cette idée au centre socioculturel, et on lui indique le théâtre municipal de Valparaiso rue Pedro Montt.

Ils ont souvent besoin d'ouvreuses pour les spectacles, seulement la rémunération est au pourboire, lui indique sa collègue. Le soir ils s'y rendent sur les recommandations du centre socioculturel, ils sont bien accueillis. Le théâtre aura besoin d'elle tous les soirs excepté le lundi. La rémunération laissée au bon vouloir des spectateurs est souvent en dessous du salaire minimum, mais rien n'empêche de trouver un complément plus tard. Ils décident d'habiter ensemble dans la minuscule maison de Juan jusqu'à ce que la situation financière d'Anne soit meilleure.

Juan est ravi de la présence d'Anne, il a eu bien sûr des aventures amoureuses depuis son retour, mais Anne revenait souvent hanter ses rêves. Il ne voulait pas imaginer qu'une fois son enquête sur les sites de la répression terminée, elle repartirait à tout jamais dans son pays.

Il n'avait pas un mauvais souvenir de sa période d'exil, il avait appris le français, parcouru Paris en tous sens, avait trouvé la ville magnifique et les habitants plutôt accueillants. Seul le climat humide de l'hiver l'avait incommodé. Il n'avait eu ni les moyens ni le temps de connaître plus en profondeur le pays, ainsi sa connaissance de la France était limitée à la capitale. Anne lui avait décrit la diversité des paysages dans le Sud, le sud-ouest et les Alpes. Ce côté alpin lui avait fait penser à la cordillère des Andes, mais cela restait virtuel. Non, il ne voulait pas quitter son pays, même si cela lui coûtait l'amour de sa vie. Il ne lui reste plus qu'à convaincre Anne de rester.

La vie est douce à Valparaiso, le climat de cette partie de la côte Pacifique est très ensoleillé, la ville grouille de monde, de touristes chiliens qui viennent de Santiago tout proche. Les touristes du reste du monde reviennent progressivement pour admirer cette ville atypique, au passé colonial marqué par les constructions dans la ville basse durant l'époque espagnole ainsi que les maisons colorées accrochées aux collines qui surplombent la baie. L'origine des couleurs polychromes des volets et des murs des maisons vient des marins. Lorsque les pêcheurs commencèrent à construire leurs habitations, il n'y avait pas de rues délimitées et a fortiori pas de nom, alors pour indiquer leurs maisons, les propriétaires peignaient une porte ou les volets d'une couleur, ainsi lorsque l'on donnait son adresse il suffisait d'indiquer la couleur d'une porte ou d'un volet, comme les collines sont très pentues, il était aisé de repérer la maison de loin. Ainsi est née la particularité de Valparaiso.

Anne prend beaucoup de plaisir à flâner dans cette ambiance exotique et colorée, elle n'a pas encore commencé ses recherches repoussant à la semaine suivante ses investigations, elle est toujours dans sa bulle d'étudiante où la curiosité se mêle à l'insouciance intemporelle de la jeunesse. Cinq fois par semaine, elle travaille au théâtre, les pourboires sont généreux, les spectateurs touchés par son accent français et conscient qu'elle fait cela pour augmenter un salaire insuffisant lui donnent un billet supplémentaire.

La semaine suivante, elle commence ses recherches. Juan lui raconte que tout avait commencé ici dans la ville natale de Pinochet. Le 11 septembre 1973 à 3 heures du matin. La marine chilienne effectuait depuis quelques jours conjointement avec l'US Navy des manœuvres militaires au large de Valparaiso. Lors du retour, un soulèvement des marins de tous les bâtiments – certainement prévu de longue date – eut lieu. En arrivant au port, ils coupèrent toutes les communications avec le reste du pays et au matin la ville était sous leur contrôle. Dans la matinée, les chars et la troupe du général Pinochet assiégeaient le palais de la Moneda à Santiago où le Président Allende tentait de convaincre le pays de ne pas céder aux chimères des rebelles. Allende encerclé et bombardé se suicida d'une rafale de mitrailleuse. Arme qu'il tenait serrée entre ses jambes. La dictature durera 16 ans.

* **

Depuis ce mois de mars 1998, le général Pinochet n'est plus le général de l'armée, poste qu'il occupait depuis les dernières élections. Il devient sénateur à vie.

Malgré les milliers d'exécutions qu'il avait orchestrées, une partie de la population, la droite conservatrice lui reste fidèle, traitant l'autre partie des Chiliens de sales gauchistes et de chiens de communistes. Anne doit tenir compte de cette donnée, surtout ici à Valparaiso où le dictateur était né en 1915. Trouver des familles de disparus ou bien encore d'anciens détenus sera une prouesse de ténacité, elle en est consciente. Cela fait un mois qu'elle rencontre des personnes recommandées par Juan, ces personnes sont susceptibles de diriger Anne vers un témoin ou un parent de disparu, mais l'omerta perdure. Personne n'est à l'abri d'actes perpétrés par des fanatiques isolés d'extrême droite ayant plongé dans le grand banditisme.

Ainsi un soir où elle se rend au théâtre, une bande de jeunes forment un cercle et l'empêchent d'avancer. L'un d'eux la plaque contre le mur et le visage si près du sien qu'elle sent son haleine alcoolisée, il lui dit :

— Chienne de Française marxiste, ou tu quittes la ville ou tu finis au fond du port une pierre dans l'estomac pour que tu ne remontes pas.

Ils la laissent assommée de peur les mains devant les yeux sur le trottoir désert.

Juan n'est pas étonné, lui-même n'a pas abandonné ses idées socialistes, mais comme Chilien il risquait moins les agressions et savait rester discret. Cette agression, s'ils la prenaient au sérieux, remettait en question les recherches d'Anne à Valparaiso et par conséquent leur vie de couple. Juan pressent qu'il perd Anne s'il prend fait et cause pour cette menace. L'amour ne pèse pas assez lourd pour en faire l'enjeu d'une vie. Il ne peut qu'être honnête avec elle et lui dire de partir à Santiago. Si la menace est aussi précise, c'est qu'Anne est déjà repérée et les recherches qu'elle mène en tant que Française dérangent la société d'extrême droite. Peut-être y a-t-il un sentiment de honte de voir une étrangère remuer au grand jour des faits dont les blessures sont loin d'être cicatrisées.

Cet événement est un révélateur. Elle vient de prendre conscience qu'en venant ici elle a agi en opportuniste. Elle profite de son projet pour retrouver un amour d'antan. Amour qu'elle a plus ou moins oublié en France. Son ego a été flatté lorsque Juan a répondu avec enthousiasme à son projet de venir au Chili pour une durée indéterminée. Maintenant elle a honte de sa désinvolture, elle va faire souffrir un cœur qui l'aime vraiment. Elle prend aussi conscience de son conditionnement intellectuel de petite-bourgeoise, conditionnement qui se heurte aux réalités d'une population traumatisée et transformée par des événements extrêmement violents.

Après une soirée agitée et une nuit sans sommeil, Anne part le lendemain pour Santiago.

Juan a eu la bonté de téléphoner à ses parents qui connaissent un couple d'amis pouvant héberger Anne pendant quelque temps.

Ils promettent de se voir à nouveau à Santiago. Juan s'accroche à cet espoir avec la lucidité de celui qui sait qu'il vient de perdre un être aimé.

Chapitre II

Santiago.

Le plan Condor avait été mis en place par les dictatures latino-américaines avec l'accord tacite de la CIA. Il avait pour objectif une coopération policière et militaire des gouvernants du Chili, du Paraguay, de l'Argentine, de l'Uruguay, du Brésil et de la Bolivie. Une fois la dictature chilienne terminée, les racines de coopération policière n'avaient pas pour autant disparu. Cette opportunité n'avait pas échappé aux grands trafiquants de drogue pour qui les dictatures ont toujours été un terrain favorable aux trafics illicites.

Les dictateurs avaient bien compris les avantages financiers qu'ils pouvaient tirer de ces trafics entre l'Europe et les frontières passoires des pays sud-américains et des États Unis. La French connection tissait sa toile en toute discrétion, du moins le croyait-elle.

La police française impuissante sur le continent sud-américain sous-traita la recherche des filières aux services secrets français qui par définition devaient agir dans l'ombre. Cette activité était une nouveauté pour les services secrets français, aucun bureau de renseignements n'était installé en Argentine ni au Chili. Seuls les services secrets israéliens continuaient la traque des criminels nazis dans ces pays.

* **

Alex Durion, alias Luis Sunto voyage depuis un an entre le Mexique et le Chili à la recherche d'indices sur les nouvelles routes possibles de la Cocaïne. Il est ce que l'on appelle une « barbouze ».

Alex est un aventurier, il aurait pu rester sur la petite exploitation agricole de ses parents. La situation économique, son peu d'appétence pour les travaux agricoles et la mévente du vin à cette époque en ont décidé autrement. Encouragé par ses parents qui ne lui voyaient pas un bel avenir de paysan, il avait suivi une autre voie. Son tempérament curieux et aventurier l'avait poussé vers une vie qu'il espérait palpitante. Un engagement dans l'armée de l'air.

Il rêvait de devenir pilote, ce fut un échec. Il n'avait pas la bonne taille, trop grand, et pas le bon niveau d'études. Il se dirigea, toujours au sein de l'armée de l'air, vers un secteur technique qui lui semblait fascinant, l'arme nucléaire. Cette option le fit entrer dans le milieu du secret, ainsi il s'habitua au non-dit, à la dissimulation, et à la discrétion, voire au mensonge. Quelques années plus tard, lassé par la discipline et les servitudes bornées de la vie militaire il se désengagea . La vie civile était pour lui une immense inconnue, le colonel de la base aérienne, espérant le convaincre de rester dans l'armée lui avait dit :

— Dehors, la vie civile c'est la jungle ! Réfléchissez bien !

C'était tout réfléchi, il devait partir. Venant de l'armée, il n'avait droit à aucune indemnité de chômage, il devait trouver rapidement une source de revenus.

Un ancien militaire habitué au secret pouvait intéresser la société civile, il se rendit à la préfecture de police de Paris et demanda un rendez-vous avec un responsable du recrutement. Un mois plus tard, il passait avec succès les tests d'aptitude et entrait aux renseignements généraux.

Sa mission, obtenir des informations sur la mouvance anti nucléaire qui au travers d'organisations écologiques manifestait contre l'implantation de centrales nucléaires dans la région Rhône Alpes. Cependant, des groupes de casseurs violents s'infiltraient parmi les manifestants. Les organisateurs laissaient faire, cela leur servait pour accroître la pression sur le gouvernement. Alex s'infiltrait dans les manifestations pour identifier les fauteurs de troubles. Cet emploi lui allait très bien, il était libre, il côtoyait toutes les couches de la société liait des connaissances dans des milieux très différents, parfois peu recommandables. Après quelques années de ce travail de fourmis, sa capacité à se fondre dans les différentes strates de la société lui avait rapporté l'estime de ses supérieurs et il avait été approché par les services du renseignement extérieur pour des missions de renseignements stratégiques. Première mission, la Russie.

L'Iran avait le projet de construire une centrale nucléaire à

Bouchehr au bord du golfe persique. Les services français soupçonnaient les Russes de vendre du matériel aux Iraniens pour ce projet. Les connaissances d'Alex en la matière et son passé dans le renseignement le désignaient pour cette mission. Les informations fournies par Alex s'étaient révélées exactes. Quelques mois plus tard, la presse déclara que la Russie allait signer un contrat d'un milliard de dollars pour la fourniture d'un réacteur à eau pressurisée à l'Iran.

Alex aimait cette vie palpitante, il ne tenait pas en place, depuis qu'il avait goûté à l'aventure, il lui fallait sans cesse un nouveau challenge. Après la mission russe, on l'affecta à une mission de vérification et de cohérence de renseignements. Inconvénient, il devint sédentaire dans un bureau ! Il réclama un poste au service action. Sa requête n'aboutit pas, alors il devint vindicatif et belliqueux. Cela posa un problème à l'administration qui ne pouvait accepter l'attitude trop indocile, de l'un de ses agents. Les relations internationales de la France avec le Maroc qui était à l'époque englué dans un conflit en Mauritanie fut une aubaine pour la DGSE qui trouva l'occasion de le pousser hors du cadre national, on lui proposa un poste au Maroc. Il serait « prêté » aux services de renseignements intérieurs marocains, qui avaient un différend avec la Mauritanie à propos du Sahara occidental, face au front Polisario soutenu par l'Algérie et la Libye. Cette région désertique difficilement contrôlable était le théâtre de bien des trafics, armes, drogues, et escarmouches sporadiques avec les combattants Sahraouis. Une force auxiliaire de l'armée régulière marocaine dépendante du ministère de l'Intérieur assurait le maintien de l'ordre dans la province d'Es-Smara. La proximité de l'ancienne zone de conflit générait des combats sporadiques commis par des groupes réfractaires aux accords de cessez-le-feu entre les belligérants. C'est dans ce contexte militaro-politique qu'Alex a été envoyé comme conseiller auprès du ministère de l'intérieur marocain dans la ville de Smara. Il y a mené des missions de surveillance armée, il a été amené parfois à prendre part aux échauffourées non par conviction, mais par solidarité avec les soldats de l'armée régulière. Durant cette période marocaine, il a lié des connaissances, avec les responsables de la sécurité, mais aussi avec des civils qui gravitaient autour du pouvoir à des fins opportunistes et plus ou moins légales. Il restera à ce poste deux années, puis le Maroc réorientera sa politique de sécurité intérieure. Alex sera alors renvoyé en France.

Ce n'était plus le même homme que les services français récupérèrent, il ressemblait à un baroudeur, physiquement et moralement. Les années de Sahara avaient buriné son corps et son âme, il était devenu un homme plus apaisé, mais résolu dans sa détermination à servir la France. Il était maintenant apte pour des opérations clandestines sensibles.

La guerre avait éclaté entre la French connection et les polices françaises et américaines, les gangs avaient été démantelés ainsi que les labos clandestins du sud de la France. Le trafic international semblait assaini. En apparence seulement, car une nouvelle substance venait d'apparaître sur le marché américain ; la cocaïne. Ce qui inquiétait au plus haut point les autorités des deux côtés de l'Atlantique c'était la dangerosité addictive du produit, les ravages sociétaux qu'il produisait et les circuits d'approvisionnement qui semblaient-ils, étaient tout à fait nouveaux. L'occasion était opportune pour les services français de recycler leur agent Alex Durion.

Alex devint agent commercial international. C'est une couverture, « une légende » dans le jargon des services secrets. Il se fait embaucher dans une société qui commercialise des pièces détachées d'engins de travaux publics sur le continent sud-américain. Il travaille vraiment pour cette société, et en parallèle doit accomplir sa mission établie sur du long terme. Découvrir les nouvelles routes de la cocaïne que l'on suppose passer par le continent sud-américain.

Il y a un besoin important de pièces au Mexique, les engins de terrassement et de forage sont déployés dans le nord du pays non loin de la frontière américaine. Au Pérou les besoins d'infrastructure routière sont importants. En Colombie, en Guyane la déforestation à des fins agricoles et aurifères sont consommatrices d'engins. Au Chili enfin, les mines de cuivre, de salpêtre et de lithium viennent à bout des engins les plus robustes. Alex a du travail, il est sans cesse sur le terrain, dort et mange dans les mêmes hôtels et restaurants que les chefs de chantier, rencontre du monde, beaucoup de monde. Parfois, les rencontres sont curieuses et hors contexte, alors il change de casquette et se lance dans des filatures et des enquêtes pour essayer de corréler des bouts de renseignements et d'observations. Jusqu'à présent, il n'a remarqué que quelques délinquants sans envergure.

Les trafiquants redoublent d'astuces et de prudence depuis le démantèlement des réseaux classiques transatlantiques. La seule certitude qu'il a, c'est la porosité de la frontière mexicaine côté Américain, cependant la diversité des pays que doivent traverser les passeurs est difficilement contrôlable. Entre l'Argentine, le Chili, la Bolivie, la Colombie, le Panama le Costa Rica, le Nicaragua, le Honduras, le Guatemala et enfin le Mexique, autant chercher une aiguille dans une meule de foin. Seules la chance, la perspicacité et sa pugnacité peuvent donner un résultat.

* **

C'est l'été austral, Alex s'est accordé deux semaines de vacances, il vient d'arriver à Santiago du Chili et envisage de visiter Valparaiso et la Patagonie. Il est installé dans un hôtel confortable un peu au nord du centre-ville rue Pio Nono proche du parc Cerro San Cristobal. Cela fait bien longtemps qu'il n'est pas venu dans une capitale par pur plaisir touristique. L'an passé il était de l'autre côté de la cordillère des Andes à Buenos Aires, il avait enquêté dans le quartier de la Boca auprès de quelques revendeurs de marijuana. Il en avait acheté plusieurs fois pour être crédible, mais la piste ne menait à rien de sérieux sauf à attirer l'attention.

La fin d'après-midi décline lentement vers la douce quiétude du soir. De la Terraza Bellavista sommet de la colline surplombant la ville, le point de vue est unique. Au pied du funiculaire s'étendent avec une régularité géométrique les rues et avenues arborées, plus loin, à l'horizon proche, le regard s'arrête sur la cordillère des Andes aux sommets majestueusement enneigés.

La terrasse du bar est bondée, les Chiliens sont en vacances et nombreux sont les touristes venant admirer le panorama sur la ville en buvant une bière. Depuis qu'il mène une vie consacrée au renseignement, par instinct il observe les gens.

Son regard est soudain attiré par une personne lisant un journal français. Pour le commun des passants, ce genre de situation peut paraître banale, les touristes à l'étranger sont souvent curieux de ce qui se passe dans leur pays et dans le monde pendant leurs vacances. Cependant, quelque chose attire l'œil d'Alex. La jeune femme à quelques tables de lui n'est pas habillée comme une touriste. Pas d'appareil photo, pas de gros sac à main.

De petits escarpins mettent en valeur des pieds que l'on devine très fins, elle ne porte pas de jeans, mais une jolie robe légère très fleurie. Cet ensemble renforce la conviction d'Alex que cette charmante personne ne fait pas de tourisme à Santiago, elle n'a pas le style chilien. Alors, pourquoi est-elle ici ? Son instinct de chasseur se réveille. Il ressent le besoin de l'aborder, c'est naturel, et puis la silhouette qu'il imagine gracieuse ajoute une touche agréable à sa curiosité professionnelle. Attendra-t-il qu'elle se lève pour lui adresser la parole ou va-t-il s'installer à sa table dans l'instant ? Il choisit l'instantanéité, ce sera plus confortable de parler autour d'un verre qu'il va lui offrir.

— Bonsoir, Mademoiselle, veuillez m'excuser de vous aborder ainsi, mais votre journal a attiré mon attention.

— Mon journal dites-vous ? Ce n'est pas très flatteur ?

— Oh pardon, je voulais dire que le fait que vous lisiez un journal français me fait penser que vous êtes Française. Puis-je tout de même m'asseoir à votre table ?

— Cela dépend de vos intentions, si vous espérez me faire la cour, c'est raté j'ai déjà quelqu'un dans ma vie. Si vous voulez que l'on échange des points de vue de voyage sur le Chili, vous pouvez vous asseoir.

— Loin de moi, l'idée de vous faire la cour, bien que cela eût été fort agréable, mais je suis moi aussi français, alors je pensais que nous pourrions en effet échanger nos impressions sur cette ville et le Chili.

Anne est tout de même sur ses gardes, elle est consciente qu'elle plaît aux hommes, alors son ego prenant le dessus, elle accepte qu'il s'installe à sa table. Elle l'observe rapidement tandis qu'il prend place et se dit qu'il n'est pas mal, une petite quarantaine, grand très brun, un petit côté hidalgo le teint hâlé par une vie au soleil, le sourire charmeur, de la distinction et il semble avoir de l'humour.

Alex devant cette belle personne au franc parlé un peu cassant a la confirmation qu'il n'a pas affaire à une touriste ordinaire.

— Si je ne me trompe pas, vous n'êtes pas vraiment une touriste ? Anne marque son étonnement par un léger mouvement de recul. Alex le remarque.

— N'ayez pas peur, la dictature est terminée, je ne vais pas vous interroger. Dit-il avec son plus beau sourire.

— Vous avez tout de même un bon sens de l'observation, en effet, je ne suis pas tout à fait une touriste. Comment avez-vous deviné ? Et dans ce cas pourquoi m'aborder si vous n'avez pas une idée derrière la tête ? Gêné par la tournure que prend la conversation, Alex croit reconnaître une personne proche de son milieu professionnel. Il doit donc parler avec prudence et laisser cette jeune femme se dévoiler elle-même.

— Oh !!! C'est très simple, regardez autour de vous, vous êtes habillée comme beaucoup de Chiliens qui viennent profiter de la vue magnifique de la ville et de la cordillère enneigée. Vous n'avez pas « l'équipement du touriste ». Mais ce n'est pas ce que j'ai remarqué. Devinette, essayez de trouver. Anne est un peu rassurée. Elle joue le jeu et le regard perdu vers le ciel un sourire imperceptible aux lèvres elle dit :

— Ah ! C'est intéressant. Je suis une belle femme ! – osa-t-elle avec un franc sourire.

— Oui, bien entendu, mais vous n'êtes pas la seule ici. Il y a autre chose. Elle réfléchit en fixant Alex. Puis un sourire se dessine à nouveau sur son beau visage.

— J'ai trouvé ! Le journal. Dit-elle triomphante, vous l'avez déjà évoqué.

— Bravo !!! En effet la probabilité qu'une Chilienne vienne lire « le monde » ici me semble improbable.

— Vous travaillez dans les statistiques ?

— Pas du tout, je suis un touriste, je travaille dans le commerce. Et vous ? Alors qu'ils ne connaissent pas encore leurs prénoms, la conversation glisse déjà vers le côté sérieux de leur profession respective. Alex décide de ne pas en dire plus sur sa couverture professionnelle tant qu'il n'aura pas cerné qui est réellement la personne en face de lui. Pour faire diversion il dit :

— Si je vous offrais un verre ? Que prenez-vous ? – Il appelle le serveur.

— Volontiers, à cette heure-ci je prendrais un apéritif, un pisco sour, vous connaissez ?

— Pas du tout. Mentit-il.

— Alors, allons-y pour le pisco sour, je vous fais confiance.

Le climat de curiosité réciproque est tel que les soupçons d'Anne ont presque disparu.

— Nous en commanderons trois. Dis Anne.

— J'attends mon amoureux, il devrait déjà être là.

En disant cela, elle guette un signe sur le visage d'Alex, mais elle ne perçoit pas de changement, seulement un sourire d'approbation. Cela la rassure définitivement.

Le serveur revient avec les boissons lorsqu'au même instant un jeune homme d'à peine trente ans apparaît à l'autre bout de la terrasse faisant un signe de la main en direction d'Anne. Alex l'observe avec attention et curiosité. Juan salue Alex d'un signe de tête accompagné d'un « hola » timide puis donne un baiser à Anne.

— Je vous présente Juan, nous nous connaissons depuis longtemps, nous nous sommes connus à Paris. Mais… Je ne connais même pas votre prénom ?

— Oui, c'est vrai nous n'avons pas eu le temps de nous présenter. Je m'appelle Luis Sunto. Vous remarquerez que si Juan n'était pas arrivé je ne connaîtrais pas le vôtre.

— En effet, mais votre nom n'a pas une consonance française ?

— Je suis d'origine espagnole, mes parents ont immigré en France pendant la guerre d'Espagne. Alors vous êtes Anne est votre ami est Chilien. Vous parlez français Juan ?

— Oui, mais j'ai quelques lacunes, depuis le temps que je n'ai pas pratiqué, j'ai oublié un peu de vocabulaire.

— Vous vous débrouillez bien. Je dois vous expliquer ma présence avec votre amie Anne. C'est un pur hasard, nous étions séparés par quelques tables, j'avais observé qu'elle lisait un journal français, alors je me suis joint à elle pour parler, et vous êtes arrivé. Je termine mon pisco sour et je vous laisse. Je ne veux pas vous importuner davantage.

— Non restez ! – Reprend Anne.

— Nous nous connaissons à peine.

Juan insiste et Alex écoute leur histoire.

Juan explique son exil en France, sa rencontre avec Anne et son retour sans elle au Chili. Anne raconte son cursus universitaire, sa thèse sur les dictatures latino-américaines et sa présence au Chili pour quelques dizaines de mois afin de visiter les lieux de mémoire et d'interviewer les survivants de la dictature afin de présenter un doctorat.

Alex n'a encore rien dévoilé sur lui. Il y voit plus clair sur Anne et sa relation avec Juan. En un mot, il est rassuré, ses deux personnages sont des gens honnêtes et normaux au sens qu'il donne à cet adjectif. Puis viens le moment où il doit parler de lui.

Il raconte son métier de commercial pour une grosse entreprise : vendre des pièces détachées pour les engins de travaux publics en Amérique latine. Il explique qu'il profite de cette période estivale pour prendre quelques semaines de repos, visiter Santiago et Valparaiso.

La nuit est tombée, la ville scintille. Une faible rumeur monte de ce chaos luminescent, l'air s'est tout à coup rafraîchi et la terrasse se vide progressivement. Ils allaient se quitter quand Anne demande :

— Cela vous plairait que l'on se revoie ? Juan peut vous servir de guide si vous le souhaitez, au moins pour ce week-end ?

— Oui, bien sûr si cela ne vous dérange pas.

— D'accord, disons demain matin 10 heures à la station de métro « Cristobal Colon », j'habite chez des amis de Juan dans le quartier Vaticano avenue Cristobal Colon.

— Entendu, à demain, ce n'est pas loin de mon hôtel. Je vous souhaite une bonne soirée.

Ils prennent le funiculaire ensemble et se séparent dans la rue. Alex est heureux, il va pouvoir profiter d'un guide et il a lié un contact, cela peut être utile. Il va pour une fois se laisser aller sans soucis, cela fait longtemps que ça ne lui est pas arrivé et la présence d'Anne ne le laisse pas indifférent.

Il part dîner dans un restaurant près de son hôtel puis sort s'imprégner de l'atmosphère nocturne du quartier. Il trouve un bar bondé où un orchestre joue des danses de salon. La musique fait virevolter hommes et femmes étroitement enlacés. Il envie ces couples, il aimerait savoir danser ces danses lascives avec des femmes en robe moulante s'entourant telles des lianes au corps agile du danseur. Nul besoin de parler, les corps dans ces mouvements expriment mieux que la voix les sentiments évoqués par les mélodies.

Il rentre à l'hôtel et s'endort paisiblement sans penser au lendemain.

La luminosité de ce matin de janvier est exceptionnelle, le ciel d'un bleu profond se détache sur l'architecture coloniale des façades en vieilles pierres teintées de jaune orangé par les premiers rayons du soleil matinal. Le vert tendre des avenues arborées donne une touche harmonieuse de couleurs dégradées selon la position du soleil. Il n'y a pas encore l'agitation quotidienne et chaotique dans les avenues bruyantes du centre-ville. Le samedi, les gens prennent leur temps pour sortir. La station de métro n'est qu'à quelques rues de son hôtel, ainsi Alex fait un détour pour ne pas arriver trop tôt. Il visite la partie la plus proche du parc Cerro San Cristobal. Il y est seul à cette heure matinale au pied de la colline qui domine la ville du haut de ses 800 m. C'est sur ce promontoire qu'il a rencontré Anne et Juan la veille.

Arrivé en vue du métro, il les voit. Elle, toujours élégamment vêtue d'un pantalon de lin marron clair et chemisier blanc. Lui en jean et chemise blanche aux manches relevées. Ils se saluent et Anne propose d'aller prendre un café à une terrasse pour organiser la journée. Juan propose d'aller au Mercado central, le matin, c'est très animé et l'on y ressent l'âme de la ville dit-il, c'est son ventre nourricier, les couleurs, les odeurs, les gens de toutes classes sociales viennent y faire leurs achats pour la semaine. Ensuite, dit-il, nous pourrions aller déjeuner au parc Forestal, une oasis de verdure au bord du fleuve Mapocho et l'après-midi nous visiterons le musée de Bellas Artes tout proche. Anne qui ne connaît pas encore très bien les endroits touristiques de la ville trouve le programme génial, elle resplendit de bonheur. Alex la trouve transformée. Elle est rayonnante, plus aucune appréhension n'est visible. Juan, s'investit dans son rôle de guide qu'il prend très au sérieux. Ni Anne ni Juan ne peuvent imaginer à cet instant l'activité réelle et peu commune d'Alex. Lui-même d'ailleurs, n'y pense plus, décontracté et heureux de la condition de vacancier qu'il s'est imposé. Ils prennent le bus, moyen simple et économique de traverser les quartiers. Arrivés Plazza de Armas, une manifestation empêche le passage. La circulation est bloquée, des policiers tentent de canaliser les véhicules vers des rues périphériques. Ils n'avancent plus. Juan propose de descendre du bus et de finir le trajet à pied.

La démocratie revenue, les manifestations s'enchaînent, celle-ci demande la libération de Pinochet qui a été arrêté à Londres en octobre dernier. Il est poursuivi par le juge espagnol Baltasar Garzon pour les crimes commis sous sa dictature. Cette manifestation de la droite conservatrice met Juan dans une rage qu'il a de la peine à refréner, il milite toujours dans le parti de gauche de l'Unité populaire. Le parti a repris toute sa place dans la société après avoir subi des persécutions terribles 20 ans auparavant. Bien que n'ayant pas vécu les horreurs de la répression puisqu'en exil en France, il garde une haine profonde pour ces manifestants très jeunes pour la plupart à qui on a (selon lui) bourré le crâne avec des histoires travesties par l'extrême droite catholique et bien pensante qui espère toujours conserver son ascendant sur la société prolétarienne. Alex, habitué aux agitations populaires pour y avoir été mêlé, repère immédiatement en périphérie de la foule qui scande des slogans et brandit panneaux et banderoles les membres du service d'ordre. Tous ont la quarantaine passée, le cheveu court, des chaussures de type Rangers, pantalon de toile kaki et chemise serrée à la taille, un bandeau marron passé au bras droit, le regard tourné vers l'extérieur guettant une intrusion d'opposants. L'atmosphère autour de la manifestation est tendue, la majorité des habitants de Santiago qui ont voté pour le retour de la paix sociale et de la démocratie voient d'un mauvais œil ces manifestations d'irréductibles jeunes bourgeois ou anarchistes de droite qui tendent le bras en signe d'appartenance à un pouvoir dissous depuis des dizaines d'années. La police laisse faire en surveillant les éventuels débordements.

Juan et sa suite tentent de se frayer un passage dans la foule des passants et des voitures qui cherchent désespérément à avancer. Soudain à quelques dizaines de mètres, une épaisse fumée noire et une clameur s'élèvent de la foule. Alex croit entendre des appels au secours. Il n'y a pas eu d'explosion, cependant un mouvement de panique naît en marge de la manif. Par instinct et l'habitude de côtoyer des situations potentiellement dangereuses, Alex perd son statut de touriste décontracté et d'un ton autoritaire prend Juan et Anne par le bras et les entraîne le plus loin possible bousculant quelques passants interloqués en disant :

— Venez !!! C'est dangereux, suivez-moi !!!

Ce comportement inhabituel et surtout inattendu de la part d'Alex, qui jusque-là était plutôt placide, surprend fortement Juan et Anne.

Nul d'entre eux n'ose poser de question. Une fois éloignés de la zone de la manifestation, une sirène de pompier retentit. Juan d'une voix assurée déclare :

—Ce n'était rien, certainement un feu de poubelle, ça arrive souvent ici dans les rassemblements, ce sont des opposants qui en marge de la manif mettent le feu à ce qu'ils trouvent, c'est un moyen simple de manifester leur mécontentement. Cela crée un peu le trouble, et la manif s'arrête, le charme est rompu en quelque sorte.

L'incident est oublié, Alex retrouve son calme de façade et ils se dirigent à pied vers le Mercado central. Après avoir flâné dans les allées entre les étalages, ils ont faim. Anne compose un menu à emporter et ils se dirigent vers le parc Forestal.

Le parc est un poumon de verdure au centre-ville, très ombragé, avec des allées bordées d'arbres de différentes essences sous lesquels sont alignés des bancs publics. Les pelouses sont accueillantes et quelques promeneurs s'y allongent pour lire ou déjeuner. De loin en loin des sculptures d'art moderne, des statues et des fontaines cassent la rectitude des allées. Juan montre une stèle dédiée au poète Ruben Dario qui vécut quelques années à Paris. Après le déjeuner et une sieste sous l'ombre bienfaisante d'un gros chêne ils visitent le musée Bellas Artes. Au retour il est convenu que le lendemain, Juan et Luis partiront ensemble à Valparaiso. Anne restera à Santiago.

Le week-end est terminé, Juan reprend son travail le lundi matin dans le centre socioculturel. Il propose à Alex de dormir chez lui pendant son séjour. Alex donne l'adresse de son hôtel à Anne.

Le lendemain à la gare routière, ils prennent le bus pour Valparaiso. Le trajet pour rejoindre le Pacifique est court et agréable, moins de deux heures dans un paysage agricole vallonné. Dès la sortie de la banlieue de Santiago, Juan s'endort. Alex pense à la journée du samedi, et à la rencontre d'Anne et Juan.

* **

Arrivés à la tombée de la nuit, ils vont dîner dans un restaurant typique El pimento. Dans la ville basse. Il commande son plat préféré, le pastel de Choclo. Au cours du repas, Juan demande :

— Dis-moi Luis, tu permets que je te tutoie ? Hier, j'ai été très surpris par ton comportement soudainement péremptoire et agressif lors de la manifestation. Tu n'étais plus le même homme. On se connaît depuis peu, et j'ai trouvé ce changement de comportement étonnant. Alex s'attendait à cette remarque. Juan est quelqu'un d'engagé en politique, il connaît la synergie des manifs et le comportement des gens qui les surveillent. En réagissant comme il l'a fait, Alex a commis une faute professionnelle, son sang-froid n'a pas fonctionné, il l'a identifié. Il va devoir jouer au plus malin avec Juan.

— J'ai remarqué votre surprise avec Anne. J'ai eu un réflexe de sécurité, c'est par rapport à un événement qui m'a traumatisé il y a bien longtemps à Paris en 1986. Une voiture venait d'être incendiée et quelques minutes plus tard, une bombe explosait dans une rue adjacente devant un grand magasin faisant 7 morts et 55 blessés. La voiture incendiée était une diversion. J'étais jeune étudiant à l'époque et je me trouvais entre les deux rues. Hier, lorsque j'ai vu la fumée, j'ai eu le réflexe de fuir par crainte d'une explosion. Désolé de vous avoir fait peur.

— Ce n'est rien, seulement nous avons douté à ton sujet. Comme si soudain nous découvrions un autre personnage. Tu sais ici, les blessures ne sont pas encore bien cicatrisées, alors au moindre comportement inattendu surtout venant d'un étranger, nous sommes vite sur nos gardes. Tu dois connaître notre histoire. Nos soucis ont commencé dès les années soixante-dix où des agents de la *CIA* ont infiltré les milieux politiques de droite pour empêcher Allende de prendre le pouvoir par crainte du « cancer communiste ». Depuis nous avons tendance à juger les étrangers. C'est peut-être ridicule, mais c'est comme toi avec ton traumatisme, nous avons parfois ce réflexe de méfiance.

— Oui, je comprends, mais il ne faut pas non plus voir des espions partout. Aujourd'hui la CIA est plus préoccupée par l'Iran et le Moyen-Orient que par les pays amis d'Amérique latine. Juan semble rassuré et convaincu par les propos d'Alex. Le repas terminé, ils prennent un taxi collectif pour monter dans le quartier populaire de Juan.

Le lendemain, Alex se promène dans le quartier. L'ensemble des constructions modestes en bois souvent laissées à l'état brut n'incitent pas à la flânerie. Cet espace d'habitations ressemble beaucoup à une favela brésilienne. Alex descend vers la ville basse en passant par les quartiers résidentiels. Le contraste est sidérant, de grands et beaux hôtels particuliers, des terrasses fleuries, de petites maisons rutilantes aux peintures vives avec une vue splendide sur la baie, des rues en escaliers aux marches couvertes de céramiques, les façades mêmes les plus modestes ont prêté leurs murs aux artistes parfois excentriques qui y ont dessiné et peint des fresques allégoriques, quelques fois très réalistes au gré de leur imagination. Avant d'arriver au port, il passe par le quartier de l'église de la Matriz. Juan lui avait dit d'éviter cet endroit, car les trafics en tous genres y sont fréquents. Le quartier est déconseillé aux touristes. C'est justement ce qui attire Alex. Son goût de l'aventure et sa curiosité professionnelle l'incitent à balayer le conseil de Juan. Même en vacances, son instinct d'agent secret reste en éveil. Pour mieux ressentir l'ambiance et la population du quartier, il entre dans un bar et commande un café. L'heure du déjeuner approche, les dockers, quelques marins et des ouvriers boivent des bières en mangeant des sandwiches gros comme le bras. Tous peuvent trafiquer quelque chose, mais rien ne suscite son attention. Il s'apprête à sortir lorsqu'un type plutôt petit, maigre, un certain âge, mieux vêtu que les clients du bar entre. Il n'aurait rien remarqué si l'homme ne s'était pas dirigé vers une porte donnant sur une arrière-salle. Intrigué, il attend. Quelques minutes plus tard, le type ressort en compagnie de quelqu'un qu'Alex a déjà vu quelque part. Après un temps de réflexion, il se souvint du visage de l'homme. Il l'a vu près de la mine de cuivre de Chuquicamata. Ce qui a attiré l'attention d'Alex à l'époque, c'est que ce type prenait des photos et qu'il avait l'impression d'être dans le champ de prise de vue. Plus tard il l'a vu en compagnie d'un des chefs d'équipe des expéditions. Le voir là dans ce bar en compagnie de cet homme sous-entend une transaction ou une entrevue clandestine. Les deux personnes sortent, Alex leur emboîte le pas. Dehors, un troisième homme se joint à eux, un jeune au teint basané, de type mexicain, une casquette noire sur la tête qui lui cache en partie les yeux observe avec attention la rue. Il jette d'ailleurs un regard appuyé sur Alex qui , avec son allure de touriste, n'est pas à sa place dans cet endroit. Alex dès qu'il est hors de vue se met à courir. Il prend la première rue à gauche puis une autre à gauche et se retrouve dans la rue du bar à bonne distance. Il arrive juste à temps pour voir les trois personnages monter dans une Mercedes d'un modèle un peu ancien qu'Alex n'identifie pas. N'ayant pas de quoi écrire il mémorise le numéro. Ces types doivent être des petits caïds du quartier, dealers, proxénètes, ou encore raquetteurs. Alex poursuit sa promenade jusqu'au port. De nombreux bateaux proposent la visite de la baie et du port aux touristes pour quelques centaines de Pesos. Il flâne n'ayant pas l'intention de faire ce type d'excursion, quand à bord d'un bateau qui appareille, il reconnaît le jeune garde du corps à la casquette. Il fait partie de l'équipage et distribue les gilets de sauvetage aux passagers. Il ne voit pas le petit monsieur maigre et âgé. Cela signifie que sa mission accomplie au bar où vraisemblablement a eu lieu une transaction importante, il a repris son travail habituel, son chef se trouvant en sécurité ailleurs. Après une longue promenade sur les allées longeant la mer, en fin d'après-midi, il boit une tequila à la terrasse d'un café sur une place baignée de soleil ornée de nombreux palmiers. Il a rendez-vous avec Juan dans ce café dont le lieu de travail est proche. Celui-ci arrive et commande une autre tequila au serveur à qui il adresse un salut amical.

— Alors Luis, cette journée ? As-tu eu le temps de tout visiter ?

— Non bien sûr, il me reste la visite de la maison de Pablo Neruda et prendre quelques « ascensor [1] » pour me faire une idée des différentes collines de cette ville extraordinaire. Je reviendrai avec plaisir.

—C'est ma dernière soirée ici, alors je t'invite au restaurant. Choisis quelque chose de bien, ne t'inquiète pas du prix.

—Ouah !!! C'est très gentil, ça me fait vraiment plaisir, car je me sens un peu seul ici sans Anne.

— Pourquoi est-elle partie à Santiago ?

Juan hésite, doit-il dire la vérité à Luis au sujet de l'agression dont elle avait été victime ? Était-ce important ? Il choisit de dire que pour son travail d'investigation, elle obtiendra davantage de témoignages à Santiago.

───────────

[1] Petits funiculaires qui permettent de passer d'une colline à l'autre ou bien de monter en évitant des escaliers interminables.

Alex perçoit l'hésitation de Juan, l'explication de celui-ci cache autre chose. Il se contente de cette version. Juan souhaite payer les tequilas, Alex proteste, mais n'a pas gain de cause.

— Allons avenue Almirante Montt, ce n'est pas très loin d'ici. Il y a un très bon resto de fruits de mer, une cuisine chilienne raffinée, on y déguste de très bons vins chiliens évidemment. Il s'appelle *Casa Luisa*, un peu comme ton prénom.

— Très bien, allons-y. Arrivé devant le restaurant, Alex a un choc que remarque Juan. La Mercedes est garée, devant l'entrée.

— Quelque chose ne va pas ? Luis ?

— Rien de grave, connais-tu cette voiture ?

— Oui bien sûr, je la connais, c'est celle d'un proche du gouvernement, il est secrétaire de l'attaché culturel. Il est déjà venu au centre socioculturel. Je le connais aussi par le biais de mon engagement politique, d'ailleurs nous ne sommes pas du même bord, il fait partie des gens de droite nostalgiques de la politique de Pinochet.

— Entrons je t'expliquerais à l'intérieur.

L'endroit est chic, la clientèle aussi. Le monsieur âgé au visage émacié est assis près de l'entrée en compagnie d'une femme brune, les cheveux bouclés, avantageusement maquillée, la cinquantaine coquette. Au passage, Juan et lui échangent un signe de tête poli. Ils n'ont fait que quelques pas et attendent d'être placés quand le Monsieur interpelle Juan.

Celui-ci se retourne et dit tout bas à Alex :

— Attends-moi là.

Alex suit Juan du regard et attend. Juan serre la main de l'homme et se penche vers lui pour écouter ce qu'il a à dire. Cela dure quelques instants, Juan salue et revint vers Alex.

Le maître d'hôtel leur indique leur table.

— Ce type est vraiment un politicien bizarre. Il veut me voir demain au travail, il me dit que c'est urgent. Il vient à 9 heures, il voulait être sûr que je serai au bureau. Il doit me parler d'un projet pour le centre social. Mais, dis-moi, pourquoi as-tu marqué un temps d'arrêt lorsque tu as vu la voiture ? Pourquoi cette voiture particulièrement et pas une autre ? Alex comme à son habitude donne une réponse partielle de ce qu'il a observé le matin.

— Comment s'appelle ce Monsieur ?

— Agusto Puroz.

— Ce matin, j'ai vu Monsieur Puroz monter dans cette voiture, il sortait d'un bar avec un type et un jeune homme qui semblait être un garde du corps. Plus tard j'ai vu le jeune homme sur un bateau de promenade qui quittait le quai, il distribuait les gilets de sauvetage aux passagers. Quand j'ai vu la voiture, j'ai eu du mal à faire le lien entre ce Monsieur, la voiture garée dans un quartier sensible du port et le jeune matelot. Maintenant tu me dis que c'est un homme politique, cela m'interroge. Juan reste quelques secondes sans répondre, Alex remarque sa gêne.

— Je ne connais pas assez sa vie privée, en dehors du centre social et de quelques réunions politiques à Santiago je ne le rencontre jamais. Le fait qu'il aille prendre un café dans un bar et qu'il soit ici ce soir ne me choque pas. Je ne l'ai jamais vu avec un garde du corps. Tu as dû te méprendre.

Alex n'insiste pas. Ils dînent somptueusement, rentrent en taxi et prennent un dernier verre chez Juan. Il ne fut plus question du type à la Mercédès dans la conversation.

Alex ne s'endort pas tout de suite, il y a quelque chose d'étrange dans cette soirée, quelque chose n'est pas logique.

À la réflexion, ce qui cloche, c'est l'interpellation de Juan à l'entrée du restaurant. Pourquoi faire passer un message professionnel dans cet endroit ? Si Juan n'était pas venu, ou que le politicien ne soit pas là, il n'y aurait pas eu de rendez-vous pour le lendemain.

Une idée surgit dans la tête d'Alex, il la rejette aussitôt, elle a jailli et éclaire l'esprit cartésien et analytique d'Alex. Le seul catalyseur de cette rencontre inopinée, c'est lui, Alex. C'est à cause de la présence d'un étranger avec Juan que le politicien l'a interpellé sous un motif professionnel. Toute autre hypothèse est impossible. C'est idiot pense-t-il, pourquoi sa présence a-t-elle suscité une telle réaction ? Il y a peut-être une explication : le politicien l'a pris pour un agent de la CIA, alors pris de panique il a donné des ordres à Juan. Cette hypothèse implique Juan dans une complicité avec Puroz. Cela détruit l'explication qu'a donnée Juan. Autre chose l'inquiète, que vient faire un politicien dans l'arrière-salle d'un bar à dockers en compagnie de l'employé d'une mine de cuivre du désert d'Atacama ? Il s'endort sur ces questions.

***

Le lendemain, Juan et Alex se séparent à la gare routière. Juan suggère qu'ils se rencontrent à nouveau la semaine suivante à Santiago. Juan part au travail. Alex attend quelques minutes et ne prend pas le bus pour Santiago. Il veut être certain qu'il se trompe, que l'idée de la veille au soir n'est pas une bonne idée, alors discrètement il suit Juan jusqu'au centre socioculturel. Un café un peu éloigné lui permet une observation discrète, il s'y installe et attend 9 heures.

À l'heure dite, la Mercédès arrive conduite par le jeune homme à casquette, Puroz est assis à côté de lui, la dame aux cheveux bouclés sur le siège arrière. Il n'y a pas de places pour se garer ainsi la voiture stationne devant une porte de garage sur le trottoir. Puroz descend seul et pénètre quelques mètres plus loin dans l'entrée du centre. Cinq minutes ne se sont écoulées quand il ressort. La voiture démarre aussitôt et tourne à gauche vers l'avenue Errazuriz, puis se dirige en direction du port. Alex perd sa trace au coin de la rue. Les soupçons d'Alex viennent de se transformer en certitude. Le prétexte d'un rendez-vous professionnel ne tenait pas, Puroz n'avait pas eu le temps d'exposer quoi que ce soit. Alex a mis le doigt sur une affaire louche dans laquelle Juan joue un rôle.

Il est déçu, il aime bien Juan, son engagement en politique et sa générosité ont séduit Alex. Il regrette sa visite dans le quartier de la Matriz, sans cela il serait encore ami avec Juan. Décidément, il reste un agent de renseignements malgré lui. Le corollaire c'est qu'il vient peut-être sans le chercher, de mettre la main sur quelque chose de clandestin et pourquoi pas un trafic important.

Il ne peut pas quitter Valparaiso avant d'en savoir plus sur Juan. Il aimerait le dédouaner de ce qui lui semble être une affaire de trafic ou de corruption. Il loue une chambre dans un hôtel près du port.

La journée s'écoule sans qu'Alex aperçoive la Mercédès, il flâne vers l'hôtel de ville, le centre d'affaires, le port, jusqu'à Vina del Mar.

Rien, à pied il est difficile de fouiller une ville comme Valparaiso.

Une question lui encombre l'esprit : comment rencontrer à nouveau Juan sans lui faire part de ses doutes ? Doit-il le rencontrer ? Alex doit rester un touriste aux yeux de Juan.

Il dîne, puis part en direction du bar où Puroz est entré la veille. Il traverse la rue, ne voit rien de particulier excepté que le bar est bondé. Il y entre. Le brouhaha est tel qu'il ne parvient pas à capter une conversation. Il se fraye un chemin jusqu'au comptoir et commande un Pisco sec. Le barman porte bien ses soixante ans, cheveux gras grisonnants, petite moustache, chemise hors du pantalon, les manches de sa chemise retroussées laissent voir un avant-bras tatoué d'un cœur et d'une inscription illisible surmontée de la Croix du Sud. Alex audacieux demande:

— Vous n'avez pas vu Agusto aujourd'hui par hasard ?

— Agusto comment ?

— Agusto Puroz

— Je ne connais personne de ce nom-là !!!

— Ça ne fait rien, merci.

Il prend son verre et continue d'observer. Le barman semble sincère ou il ment bien. Alex comprend rapidement qu'il n'apprendra rien de plus en restant dans ce bar, ce n'est apparemment pas un lieu de revente pour petits dealers. Déçu, il termine son verre et rentre à l'hôtel.

Il est réveillé par des sirènes de pompier, il est 4 heures du matin. Il s'approche de la fenêtre et voit passer plusieurs camions gyrophares allumés et sirènes hurlantes. Tous se dirigent vers le haut de la ville, vers les quartiers pauvres. Il a appris par Juan que les incendies ne sont pas rares dans ces quartiers. Personne ne sait jamais s'il s'agit d'incendies d'origine accidentelle ou criminelle. D'autres affirment que c'était pour « assainir » certaines zones afin de favoriser l'acquisition des terrains par des promoteurs peu scrupuleux. Il se recouche. Le lendemain matin, en allant prendre son petit-déjeuner dans la salle de restaurant, il jette par hasard un coup d'œil sur les journaux du matin. La Estrella de Valparaiso titrait en gros caractères : « *Dans le quartier cerro Merced, un incendie peut-être d'origine criminelle a détruit la nuit dernière une maison et en a endommagé une autre. Il y aurait un mort et deux blessés légers* ».

Le quartier cerro Merced, c'est le quartier où habite Juan se dit-il. Il termine son petit-déjeuner et part aussitôt avec un mauvais pressentiment. Il demande au taxi de l'arrêter avant le lieu de l'incendie pour ne pas attirer l'attention. Il finit le dernier kilomètre à pied. Plus il avance, plus cela sent le bois calciné, de nombreux badauds s'empressent sur les lieux sécurisés par les pompiers et la police. L'endroit ne lui est pas inconnu, c'est là que vit Juan. Il ne reste rien de sa maison, et celle du voisin situé sous le vent est bien endommagée, la façade et la toiture sont noires et menacent de s'écrouler. Les conversations vont bon train, les rumeurs aussi. Alex ose poser une question à un vieux monsieur :

— Vous savez qui habite ici ?

— Oui, c'est un jeune homme, bien gentil, il a depuis quelque temps une petite amie, une Française, bien mignonne et gentille aussi.

— Savez-vous s'ils sont sains et saufs ? Le jeune homme est mort, la jeune femme je ne sais pas, il paraît qu'elle habite à Santiago maintenant. Vous les connaissiez ?

— Oui un peu. Je vous remercie, au revoir.

Alex en sait assez. L'âme bouleversée il descend à pied jusqu'à son hôtel. Y a-t-il un lien entre ce qu'il croit savoir de Juan, la rencontre avec Puroz et le drame qui vient de se produire ? Il ne peut pas rentrer à Santiago, pas tout de suite. Il ne souhaite pas annoncer lui-même à Anne la mort de Juan, ensuite il veut absolument en savoir plus sur ce qu'il pense avoir découvert.

Il n'a que deux pistes : Agusto Puroz qui sera très difficile à localiser et le jeune à la casquette. Avec lui ce sera plus facile, il sait où le trouver. Mais que faire avec lui ? L'aborder et le questionner ? Très mauvaise idée, ce serait éveiller les soupçons. Il doit absolument opérer dans l'ombre.

Il ne peut pas rester longtemps à Valparaiso, Anne y verrait un lien avec la disparition de Juan. Il s'accorde deux jours.

Il se souvient d'une vieille maxime : *le diable se cache dans les détails*. Il doit chercher dans les détails, uniquement dans les détails, même les plus ténus.

Il retourne au port. Les bateaux sont tous à quai, il ne voit pas le jeune à casquette. Il retourne aux alentours du bar, rien non plus. À midi, il s'installe à la terrasse d'un fast-food d'où il voit l'embarcadère des bateaux de promenade.

En début d'après-midi, l'activité touristique reprend et le garçon à la casquette reparaît. Alex continue de penser que seul ce jeune homme peut le mener à Agusto Puroz ou à défaut lui permettre de découvrir quelques détails qui lui seront utiles. Comme il est à pied, il sera difficile de faire une filature, alors pendant que le jeune à casquette fait des allers retour avec les touristes, il a le temps de louer une voiture.

Deux heures plus tard, il gare une petite Renault Twingo près du port. Il reprend son poste d'observation devant un soda glacé. Vers 17 heures, le jeune se dirige vers un arrêt de bus. Alex le prend en filature. Le bus se dirige en direction de Vina del Mar, puis tourne à droite à la sortie de Valparaiso en direction du quartier Caceres. Le jeune homme descend du bus. Alex gare la voiture un peu plus loin et suit « la casquette » dans son rétroviseur. Le jeune homme entre dans une barre d'immeuble d'une quinzaine d'étages. Il attend cinq minutes, puis il pénètre dans le hall, personne n'est entré ou sorti de l'immeuble depuis le passage du jeune homme. Alex observe l'ascenseur, il appuie sur le bouton d'appel et voit que l'ascenseur est arrêté au 4e étage. L'ascenseur descend à vide. Il va voir les boîtes aux lettres et note le nom des deux habitants du 4e étage : P Virez et A Bofisa. Il revient vers la cage d'escalier, s'assoit sur une marche et attend.

Une demi-heure passe et il entend l'ascenseur fonctionner. Il stoppe à nouveau au 4e étage puis redescend. Lorsque la personne en sort, ce n'est pas le jeune homme à la casquette. Il laisse la personne s'éloigner dans la rue, et depuis le hall, dissimulé par le chambranle de la porte il l'interpelle : Monsieur Bofisa !!! L'homme se retourne, ne voit personne, hésite et continue son chemin en haussant les épaules. Alex en déduit que cet homme s'appelle Bofisa, donc le voisin de palier de ce monsieur s'appelle P Virez. Il retourne à sa voiture et attend que Virez sorte de l'immeuble.

Il fait nuit, Alex désespère de le voir réapparaître. Soudain, il l'aperçoit sous l'abri bus de l'autre côté de la rue, un peu plus haut que lui. Quelques minutes plus tard, un bus arrive. Il le suit jusqu'à Vina del Mar sur le front de mer où il descend. Alex gare la Twingo sans perdre de vue sa filature qui se dirige vers un restaurant dont la terrasse est déjà comble. Il continue sur le trottoir opposé et voit la Mercedes garée un peu plus loin. Ainsi, Virez et Puroz ont rendez-vous. Comme il a déjà été vu par les deux hommes, il ne peut entrer

62

dans le restaurant. Il achète un sandwich et attend que l'un ou l'autre sorte de l'établissement. Trois heures plus tard, ils sortent et se dirigent vers la Mercedes. Il suit la voiture de loin vers les beaux quartiers, sur la colline.

La route serpente entre des murs et des parcs qui cachent de magnifiques demeures. Dans une impasse un portail s'ouvre sur une allée de gravillons menant à un perron éclairé par de multiples lampadaires. Alex a observé la scène depuis la rue. Il a arrêté la Twingo un peu plus haut et est revenu rapidement en se dissimulant derrière un gros bosquet de lauriers-roses. Une fois le portail refermé, il s'approche prudemment. De loin il aperçoit l'œil d'une caméra au-dessus de l'interphone. Il fait demi-tour vers sa voiture. Il n'y a rien à bord pour qu'il puisse changer de physionomie. Il réfléchit en faisant le tour de la voiture. Dans le coffre il trouve un kit de secours. À l'intérieur il y a des pansements du ruban adhésif, du désinfectant, du coton et une bande de tissus pour bandage. Avec du coton il prélève du noir dans le pot d'échappement de la voiture, se dessine une moustache, ébouriffe ses cheveux et met ses lunettes de soleil. Il se regarde dans le rétroviseur et juge le déguisement acceptable. Ainsi grimé, il peut s'approcher du portail. Il a deux objectifs : noter le nom du propriétaire de la villa et se faire une idée sur un éventuel système de protection ou d'alarme. Il faut faire vite pour ne pas attirer l'attention. Le nom sur la plaque n'est pas celui d'Agusto Puroz, il s'agit de Frédérico Lomiz. Il ne voit pas de système de sécurité à part la caméra du portail. Il lui semble aisé d'escalader le mur depuis la rue, des arbres débordent du jardin, des branches basses sont accessibles. Ses observations terminées il revient à sa voiture. Visiblement Agusto Puroz n'habite pas là. Il attendra qu'il ressorte de la villa.

La nuit est claire, l'écrin sombre de la voûte céleste sublime les millions de diamants que l'univers a sélectionnés sous ces latitudes, ce n'est qu'un échantillon de son infinie richesse. C'est en imaginant des mondes au-delà du monde qu'Alex sombre dans le sommeil.

Un rayon de soleil dans le pare-brise le fait sursauter. Il se redresse et regarde sa montre, il est 6 heures du matin, la rue est déserte. Il regrette d'avoir dormi. Il estime avoir sombré dans le sommeil vers 3 heures, il est peu probable que la Mercedes soit sortie à ce moment-là. Tout n'est pas perdu. Maintenant qu'il fait jour, il doit trouver une planque plus discrète. Il recule la voiture de quelques centaines de mètres pour ne pas être repéré.

Vers 10 heures il y a du mouvement, quelqu'un vient au bout de l'impasse et regarde à droite puis à gauche et repart. Quelques secondes plus tard, la Mercedes sort de l'impasse et tourne à gauche en direction du front de mer. Alex avec précaution continue la filature. La Mercedes s'arrête devant l'immeuble de Virez, celui-ci s'engouffre dans le hall et la voiture repart. Au lieu de prendre la direction de Valparaiso, elle prend la nationale en direction de Santiago. Alex ne peut pas la suivre, il doit rendre la voiture dans l'après-midi et rentrer à Santiago par le bus du soir. Fatigué, il se rend à son hôtel pour faire le point et se reposer.

Chapitre III

Au cours des premières semaines à Santiago, Anne avait parcouru les administrations en vue d'obtenir les autorisations pour enquêter sur les sites, car tous n'étaient pas ouverts au public. Après le départ de Juan et Alex, elle avait commencé ses recherches. Le premier site avait été la villa Grimaldi, dans la commune de Panaloen le principal lieu de torture. Il restait peu de bâtiments, beaucoup avaient été détruits par la dictature. Il subsistait l'enceinte de la propriété et au centre un parc. Elle apprit que le lieu avait failli disparaître pour construire des immeubles, mais en 1996 ce lieu symbolique fut réhabilité pour en faire un mémorial.

Ici eurent lieu les pires tortures. Cinq mille prisonniers sont entrés dans cette enceinte, plus de deux cent quarante ont été portés disparus. Ceux qui mouraient sous la torture faisaient partie des disparus. Anne repartit l'âme bouleversée par ce qu'elle voyait et n'aurait pu imaginer. Elle n'avait pas encore le cœur suffisamment endurci aux tristes réalités de l'histoire. Elle prit de nombreuses notes et le lendemain visita l'Estadio Chile. Là encore les récits se révélèrent terrifiants, notamment le récit des galeries sous le stade. Celles-ci pendant « les événements » avaient été transformées en cellules gigantesques où des femmes, des hommes, des enfants, et des vieillards étaient entassés. On lui raconta qu'un médecin qui faisait sa tournée de soins pour les plus malades s'arrêta devant une de ces galeries, il voulut entrer, mais le militaire lui en interdit l'accès lui disant que ce n'était pas la peine, car tous ces gens allaient être exécutés dans la journée.

Anne commençait à douter d'elle-même, serait-elle capable d'entendre encore et encore toutes ces horreurs ?

Le lendemain ne fut pas plus apaisant, elle se rendit à la Moneda, lieu de la Présidence du Chili. Le palais est un bel édifice blanc, dont la façade donne sur une esplanade agrémentée de pelouses et d'allées aux formes géométriques. C'était l'épicentre de la violence militaire, le palais fut-bombardé par l'aviation, des combats de rue autour de l'édifice ont fait des dizaines de morts, les chars menaçaient d'écraser sous leurs chenilles des dizaines de prisonniers alignés sur l'asphalte si la garde du palais présidentiel ne se rendait pas. C'est là, au premier étage que le Président Allende s'était suicidé impuissant devant la violence déclenchée par celui qu'il avait nommé quelques jours auparavant chef des armées ; le général Pinochet.

En trois jours, Anne concrétisait la violence des faits qu'elle avait étudiés et développés dans sa thèse sur les dictatures d'Amérique latine. Bien que très documenté son travail de recherche était resté très virtuel. L'histoire se révélait ici dans toute sa cruauté, dans ce pays qui gardait les traces indélébiles des purges, des massacres et des souffrances d'un peuple. Elle le ressentait dans le comportement des personnes rencontrées qui hésitaient à livrer leur opinion ou à parler de ce qu'ils avaient vécu. Elle avait du mal à comprendre alors, qu'il y avait eu des élections démocratiques, que plus du tiers de la population soutienne encore le général Pinochet. La bête immonde vivait encore sous les cendres de la dictature.

Son prochain rendez-vous serait avec l'association des droits de l'homme du chili et des victimes de la dictature. Elle espérait par ce biais entrer en contact avec des familles. L'association pouvait peut-être l'aider à ouvrir des portes.

Le ciel est couvert, il y aura de l'orage dans la journée. Elle est reçue avec chaleur et sympathie par les quelques personnes de l'association.

Les locaux exigus montrent le manque de moyen évident dont disposent ces gens pour assurer leur mission. Installés autour d'un café, ils ont parlé des causes du coup d'État, Anne en connaît déjà l'essentiel. La CIA qui soutenait le mouvement anti Marxiste et par amalgame tout ce qui touchait l'UP, « l'unité populaire ». Il n'y avait pas de jugement dans les propos, seulement des faits. Ils avaient aussi parlé de « *la caravane de la mort* ». Il s'agissait d'un commando dirigé par le Général Arellano Stark qui sillonnait le pays pour exécuter sans procès les prisonniers politiques. Ils évoquèrent ensuite des lieux de détention comme l'île Dawson 10 en Patagonie, un endroit isolé du bout du monde battu par les vents et la neige près du détroit de Magellan qui abritait loin des regards un camp de concentration destiné aux principaux collaborateurs d'Allende. Le rôle de la *DINA* direction du renseignement national, aggrava le malaise et la gêne d'Anne. Cette police politique était chargée de l'exécution puis de la disparition des opposants, et cela par des moyens aériens très bien organisés.

Les cadavres étaient lestés et enroulés dans des sacs de toile puis chargés dans des hélicoptères Puma et jetés en pleine mer. On estime à cinq cent le nombre de personnes ainsi assassinées.

Anne n'en peut plus de tant de noirceur, elle n'est pas dupe sur les désastres humanitaires causés par les dictatures, mais un tel acharnement organisé pour éliminer plus de deux mille personnes seulement coupables d'être socialistes au service d'un Président humaniste et généreux lui apparaît comme la plus injuste des révolutions. En sortant du local, elle voit ce pays d'un œil différent, dans les regards qu'elle croise elle y décèle les traces du malheur, de la crainte et de la méfiance. Il lui faudra du temps pour recouvrer un peu de sérénité. L'association lui a indiqué une adresse à Colina où elle peut se rendre et rencontrer des témoins.

Il a plu, l'air était humide et tiède, toute à ses pensées moroses, elle ne prête pas attention aux manchettes des journaux et rentre chez elle.

Il n'y a personne dans l'appartement, mais sur la table du salon, un journal est posé en évidence, le titre entouré de rouge avec un point d'interrogation attire son attention. Il est question d'un incendie d'origine inconnue dans le quartier cerro Merced de Valparaiso.

Anne tressaille. L'article fait état d'un mort et de blessés légers. Aussitôt elle appelle le centre socioculturel pour prendre des nouvelles de Juan.

Elle s'effondre, la tête entre les mains, secouée de sanglots : Juan a péri dans l'incendie.

Chapitre IV

Alex se réveille en sursaut, un coup de tonnerre a fait trembler les vitres de sa chambre, la foudre a dû tomber près d'ici. Un rideau de pluie et de grêle frappe les vitres de la fenêtre avec violence. Il est midi. Debout, il regarde la pluie dégouliner sur la fenêtre, la conjonction du mauvais temps et de ce qui s'est passé récemment lui inspirent un sentiment de tristesse, d'impuissance, de gâchis et d'inachevé. Il n'est plus un touriste, il redevient agent clandestin au service de l'état. Il va exploiter la piste Agusto Puroz. Va-t-elle le conduire sur la piste d'un trafic. La cocaïne ? Il l'espère. Il aurait dû suivre la Mercedes ce matin. Maintenant que peut-il faire ? Il doit absolument revenir à Santiago dans la journée ou au plus tard demain matin. Anne a-t-elle appris la mort de Juan ?

Il a trois noms : P Virez, Agusto Puroz et Frédérico Lomiz. Pour ce dernier, il a l'adresse, mais rien sur le personnage. Il règle la note de l'hôtel et part se restaurer. La pluie a cessé, en prenant son déjeuner il édifie un plan. Il passera par la poste centrale et consultera le « bottin » de la région pour connaître la profession de Frédérico Lomiz. S'il la découvre, il poursuivra son enquête en se rendant sur place. Dans le cas contraire, il visitera la villa de Vina del Mar.

À 14 heures, il gare la voiture avenue Pedro Montt devant la poste. Il ne met pas longtemps pour trouver ce qu'il cherche. Aux pages dédiées à Vina del Mar, il trouve le nom de Lomiz et apprend que celui-ci a une entreprise d'import-export de produits miniers. La société « minéral chile maritima » qui a son siège social à Santiago. Il tient un élément supplémentaire. Il dépose la voiture, prend un bus et arrivé à la gare routière attend le car pour Santiago.

Pendant le voyage, il met au point une stratégie pour les jours suivants. Comment va-t-il justifier auprès d'Anne qu'il n'était pas dans la maison de Juan lors de l'incendie ? La solution la plus simple, mais la moins élégante serait de ne plus avoir de contact avec elle. Après tout, ce n'était qu'une rencontre éphémère, s'il ne la revoyait pas cela ne serait pas préjudiciable à la poursuite de ses recherches, au contraire. Il retrouverait sa totale liberté, celle pour et par laquelle il vit. Depuis longtemps il a considéré les présences féminines comme des freins à sa liberté de mouvement. Les femmes qu'il a rencontrées il ne les a pas véritablement aimées et il a la quasi-certitude de cette réciprocité. Il ne se considère pas machiste, simplement un loup solitaire.

Il a toujours vécu ainsi. Depuis l'enfance, la solitude est son quotidien, il est fils unique. Il a souffert de ne pas partager avec un frère ou une sœur les plaisirs et déboires d'une jeunesse insouciante. Bien au contraire, une éducation rurale austère où les vacances étaient trop souvent l'occasion d'aider aux travaux agricoles a ancré en lui ce besoin de liberté solitaire.

Il voulait vivre intensément. Il aimait cette vie d'errance, seul face à lui-même. Il aurait pu apprécier l'armée si elle lui avait permis d'accéder à ses rêves d'enfance ; devenir pilote. Hélas, elle lui avait apporté l'art de la discipline et de la contrainte. Le seul point positif avait été son initiation au secret. Ce qui lui pesait le plus était la hiérarchie. Il s'en éloignait dès qu'il en ressentait le poids. Son caractère sociable, ouvert aux autres, son physique avenant et son caractère joyeux lui permettaient d'entrer dans bien des milieux, compensant ainsi son inclination à la solitude. Avantage de son métier : il pouvait à tout moment rompre avec les liens qu'il venait de tisser. Il décide de ne pas revoir Anne.

Le car arrive 2 heures plus tard à Santiago. Il se rend à son hôtel. Il est 20 h 30 quand il entre dans le hall. Elle est là, elle l'attend. Anne attend Alex depuis hier, elle vient tous les soirs. Elle est sûre qu'il repassera par l'hôtel en rentrant de Valparaiso.

Lorsqu'il la voit, il comprend, elle sait. Elle n'est plus la même, elle a vieilli, sa physionomie en est transformée. Elle se précipite vers lui avant qu'il ait eu le temps de prononcer un mot. D'un mouvement surprenant et désespéré, elle se jette contre lui l'entourant de ses bras. Soudain, s'écartant, la tête légèrement en arrière le regard fixe elle demande :

— Que s'est-il passé ? Tu étais avec lui ? Tu as pu te sauver ?

Il lui prend les mains, puis la taille, et l'invite à venir l'écouter dans sa chambre. En chemin ils gardent le silence. Cela laisse du temps à Alex pour ordonner ses pensées. Sa stratégie élaborée dans le car tombe en lambeaux. Ils s'assoient se faisant face. Alex parle en premier.

— Nous nous connaissons à peine Anne, je vais devoir te parler comme si nous étions des amis de longue date. Je pourrais te raconter ce qui s'est passé avec la froideur d'un journaliste, sans émotion, avec juste un soupçon de compassion. Je vais te confier des faits qui relèvent de l'amitié, je vais le faire avec tristesse et vérité.

Il prend le temps d'observer Anne avant de poursuivre. Elle le regarde sans le voir, le regard fixe les yeux plissés de méfiance contenue. Lorsqu'il reprend sa narration, le regard d'Anne fixe le plancher devant ses pieds.

Je pense que je suis peut-être impliqué dans cette sale affaire. Lorsque la maison de Juan a pris feu, je n'étais pas avec lui.

La veille, j'ai assisté à une scène que je croyais sans rapport avec le drame. J'ai été le témoin d'une rencontre louche dans un bar, vers le port. Le soir j'avais rendez-vous avec Juan je l'avais invité au restaurant. Il se trouve que dans le restaurant, Juan a rencontré quelqu'un que j'avais vu dans ce bar. Cette personne a interpellé Juan pour lui dire une chose que je n'ai pas entendue. Plus tard, Juan m'a expliqué que ce Monsieur était proche du gouvernement et il voulait le voir le lendemain à son travail.

J'ai trouvé ça étrange, alors le lendemain, à l'insu de Juan, je n'ai pas pris le car, je suis allé près du centre socioculturel et j'ai vu entrer cet homme. Il n'est resté que quelques minutes ce qui a continué de m'intriguer. J'ai loué une chambre d'hôtel et dans la nuit j'ai été réveillé par les sirènes des pompiers. Le lendemain, j'ai lu les gros titres des journaux et je suis allé jusqu'à la maison de Juan et là j'ai appris la nouvelle.

Il y eut un moment de silence, seul le souffle léger de leur respiration était perceptible.

— Anne !!! Dis-moi quelque chose.

— Il n'y a rien à dire. Dit-elle en relevant la tête, c'est un pays de violence !!!

Son regard est glacial, pas une larme n'a mouillé son visage. Alex n'y voit que la froideur résignée de la haine. À qui est-elle adressée ? À lui ? Au chili ou au destin ? Encore un épisode de silence, Alex ose une question :

— Veux-tu que je te raccompagne ?

— Oui, enfin non, je ne sais pas. Elle s'est levée, tournant le dos à Alex pour dissimuler son désarroi, d'une voix calme sur un ton qui marque l'étonnement, elle se lance dans une tirade qui surprend Alex :

— C'est surréaliste, il y a une semaine, nous étions des inconnus, tout à coup vous apparaissez – soudainement elle utilise le vouvoiement – dans ma vie et cela se termine par un drame. Je ne sais plus quelle position adopter, vous rejeter, vous ignorer ce qui revient au même, ou vous considérer comme une aide potentielle ? Pour quoi faire ? Je ne le sais pas encore. Peut-être pour m'aider à réagir ?

Elle s'est tournée vers lui le regard droit dans les yeux le buste en avant tendu par une colère contenue, mais perceptible.

Alex toujours assis, le dos appuyé contre le dossier du fauteuil, observe Anne sans baisser les yeux. Il ne veut pas interrompre ce besoin d'exprimer ce qu'elle a sur le cœur, il est prêt à tout entendre. Plus elle s'exprimera, plus il aura de facilités à proposer des arguments appropriés. Il n'a pas dit qu'il était allé dans le quartier déconseillé par Juan, cela, Anne n'en a pas connaissance, pas encore.

Il veut que tout se termine ici. Ils se diront adieu, elle reste seule avec sa colère et sa peine, lui, avec une énigme à résoudre. Quelle autre issue peut-il y avoir ? C'est Anne qui va involontairement contrarier la décision d'Alex. Elle se ressaisit, retourne s'asseoir et en signe d'apaisement reprend le tutoiement.

— Pardon, je m'emporte je ne veux pas t'accuser d'une quelconque implication dans l'incendie de la maison de Juan. Mais c'est toi qui dis avoir une part de responsabilité. Si tu ne m'as pas tout dit j'aurais des soupçons. Tu as dit vouloir me parler en ami, mais rien dans tes propos ne le montre. Alex se sent mieux, il peut maintenant donner plus de détails, Anne peut les entendre, son état d'esprit vient de changer.

— En effet, je ne t'ai pas tout dit, il manque des détails. J'attendais que tu évacues un peu l'émotion à l'évocation des faits. Tu n'aurais pas souhaité en connaître davantage, nous nous serions séparés ici, sur un malentendu. Alex raconte comment le hasard a joué contre lui et Juan. Il expose ses doutes sur les activités louches des personnes rencontrées et sur une certitude : la complicité de Juan. Il dévoile en quelques mots son amitié naissante pour celui-ci. Il ment en disant que seule la curiosité a été le moteur de ses recherches. Pendant qu'il révèle ainsi une possible autre vie de Juan, il ne perd pas de vue la manière visible dont Anne accepte ces informations. Sur l'éventuelle complicité de Juan elle fronce imperceptiblement les sourcils, puis se détend écoutant avec attention. Elle ne semble pas avoir de questions, cela viendra sûrement plus tard.

— J'aimerais que tu m'éclaires sur un point que tu as évoqué. Pourquoi penses-tu être impliqué dans l'affaire liée à la mort de Juan?

— C'est très simple, imagine, si nous n'allons pas au restaurant, ce Monsieur ne rencontre pas Juan. Son pseudo-rendez-vous du lendemain ne peut pas avoir lieu. Tu es d'accord jusque-là ?

— Oui, mais je ne vois pas ce que tu viens faire dans cette rencontre.

— Eh bien justement, j'ai la conviction que si Juan n'avait pas été vu avec moi, il serait encore vivant.

— C'est absurde, tu n'es jamais venu à Valparaiso, tu es un touriste, personne ne te connaît. Non, je n'y crois pas.

— Justement, je suis vu comme un étranger. Et pour des mafieux qui préparent un coup, voir quelqu'un de leur bande avec un inconnu, étranger de surcroît peut représenter un danger. Tu sais ces types sont souvent paranoïaques.

— Tu as l'air de t'y connaître en psychologie de gangsters ?

— Pas du tout, c'est logique.

— Bon, alors que comptes-tu faire maintenant ?

— Rien, je vais reprendre mon travail dans quelque temps. En disant cela, il espère susciter chez Anne une réaction pour la recherche de la vérité. Il ne faut pas attendre les résultats d'une enquête de police qui n'aboutira à rien sauf à un accident domestique ayant causé l'incendie. Les défaillances des circuits électriques sont monnaie courante dans ces quartiers de Valparaiso. Et puis Anne n'est rien pour Juan du point de vue de l'état civil.

— Alors, que faisons-nous ?

— Je te propose, comme il est tard d'aller nous reposer, nous avons eu suffisamment d'émotions, allons dormir. Demain, si tu le souhaites on peut en reparler. En disant cela, il donne un premier coup de canif dans sa décision de ne plus revoir Anne.

— Tu as raison, raccompagne-moi chez mes logeurs et peut-être à demain ?

— Et si tu ne veux pas en reparler, je ne te revois plus jamais ? Anne fut troublée par cette question, elle n'y avait pas pensé. Peut-être que dans son subconscient, elle savait qu'elle reviendrait.

— Je ne le voyais pas sous cet angle, peux être que je n'ai pas envie de te revoir dit-elle dans un demi-sourire.

— C'est très féminin pense-t-il.

Il raccompagne Anne, tous les deux noyés dans leurs pensées.

* **

Quand la DINA (Police politique) devint la CNI (centre national des informations) qui perdurera jusqu'en 1990, certains de ses membres pourchassés par les tribunaux internationaux arrivèrent à brouiller les pistes et à se « recycler ». Ce fut le cas d'Agusto Puroz. Celui-ci était natif de l'île de Chiloé, une île dans la partie sud du Chili, près de la région des lacs. Sa famille, riches propriétaires avait une immense exploitation agricole. Ils étaient très catholiques et employaient sans le moindre scrupule des ouvriers Mapuches (les premiers habitants de cette région) sous-payés et parfois mal traités, pour les travaux les plus pénibles. Le jeune Agusto partit faire des études de droit à Santiago, il côtoyait des étudiants de son milieu, des fils de bourgeois comme lui. Adulte, il était devenu avocat d'affaires et fréquentait les milieux de la droite catholique, ceux qui aideront et soutiendront la campagne de Pinochet. En dehors de sa propension aux idées de droite, il était logique qu'il s'oppose à Allende qui voulait nationaliser les grandes exploitations agricoles dans l'objectif du partage des richesses. Ce socialisme déplaisait fortement aux grands propriétaires qui allaient porter avec l'aide occulte de la CIA le général Pinochet au pouvoir. Le jeune avocat Agusto, opportuniste, allait naviguer dans les sphères du pouvoir. Il avait des prédispositions pour entrer dans la police politique, il aimait les armes et les actions violentes. Malgré sa petite taille, il n'était pas le dernier à faire le coup de poing dès qu'il s'agissait de rosser un sympathisant socialiste. Il était célibataire et le resterait. Dès le début de la dictature, il participa aux Rafles et aux exécutions sommaires de supposés opposants. Cette période de vie plus ou moins clandestine lui plaisait. Cette expérience lui servirait plus tard.

Lorsque la police politique a été transformée en « centre national des informations », il disparut en Bolivie pour échapper aux recherches des criminels ayant commis des crimes contre l'humanité. De Bolivie, il passa en Colombie. Là il allait faire de mauvaises rencontres, il allait pour être protégé, devoir passer de la drogue vers le Mexique. L'attention internationale se relâchait, beaucoup de dirigeants de la DINA avaient été arrêtés. Il rentra au pays chez un ancien ami d'université Frédérico Lomiz qui avait créé une entreprise d'import-export de minerais. Par des jeux de connaissances successifs, et des combines, il avait rejoint la branche droite du gouvernement comme député, puis était devenu attaché auprès d'un sous-secrétaire d'État chargé de la culture.

Frédérico Lomiz, en 1960 était ingénieur en génie mécanique, il partit travailler dans le désert d'Atacama dans la mine de cuivre de *Chuquicamata,* il travaillait alors pour la compagnie minière du M'Zaïta. Au moment où cette société a été rachetée par la société minière de Penarroya, prévoyant l'énorme potentiel du site, il avait créé une société d'exportation de minerais. Au début du minerai de cuivre, puis la « Caliche », une roche sédimentaire dont on extrait de l'iode. Les années passèrent, puis ce fut le début le début de l'exploitation du lithium qui s'exportait sous forme de cristaux de carbonate de lithium. Le port de Valparaiso était bien placé pour assurer le transport par voie maritime soit vers les États-Unis, soit par le canal du Panama vers le reste du monde. La société de Lomiz prospérait vite, mais le Président Allende nationalisa les mines de cuivre. Temporairement, les affaires de Frédérico Lomiz n'ont plus été aussi florissantes, c'était une bonne raison pour soutenir Pinochet avec son copain Puroz.Chapitre V

Il fait très beau, la journée va être belle, mais très chaude, il est 10 heures, Alex attend la visite d'Anne. Il a pensé à ce qui pourrait se passer si elle vient. Elle va peut-être lui demander son aide pour tenter de lever le voile sur le mystère qui entoure la disparition de Juan. Doit-il mener son enquête avec elle ? Si oui, il prend le risque de se dévoiler. Il n'a qu'une solution, limiter au maximum la durée de sa collaboration, ensuite il partira quel que soit ce qu'ils auront découvert.

La matinée se termine et Anne ne vient pas. Alex ne s'y attendait pas, il est déçu. Depuis qu'il parcourt le monde tel un loup solitaire, c'est la première fois qu'il éprouve un sentiment aussi profond à l'égard d'une femme, cela le trouble. Elle est comme la rose du Petit Prince, elle aime se faire admirer, voire désirer, serait-ce la confirmation de sa beauté qu'elle attend dans le regard de l'autre ? Il y a cependant un antagonisme chez elle, son caractère vif, son sens de la répartie et une recherche d'indépendance.

Un autre sentiment habite Alex, celui de trahir la mémoire de Juan. Certes, ce n'était pas un ami de longue date, mais les événements qui se sont rapidement enchaînés ont sublimé leurs échanges amicaux. Une liaison avec Anne le perturbera. Lui qui est plutôt endurci aux vicissitudes de la vie se rend soudainement compte qu'il aurait un cœur tendre.

Il ne lui reste que quelques jours pour essayer de comprendre qui est qui et ce qu'ils trafiquent dans cette affaire. Cet après-midi il va aller flâner du côté de la société de Lomiz. Un passage par la poste et « l'annuaire », lui indique le quartier Cerrillos dans le sud-ouest de la ville. Il prend un bus et descend dans la zone industrielle. Il finit par trouver l'entrepôt.

Un mur d'enceinte protège du regard un petit bâtiment de deux étages qui jouxte des hangars aux bardages métalliques. Une petite porte permet l'accès aux piétons tandis que quelques mètres plus loin, un grand portail ouvert permet le passage des véhicules, des camions notamment. Il est 14 heures, les ouvriers retournent à leur poste, Alex se mêle au flux entrant sans qu'on lui demande quoi que ce soit. Le flot des employés se dirige vers le local des machines à pointer tandis qu'Alex se détache du groupe et se dirige vers les hangars en tôle. Il n'a pas de mal à apercevoir d'énormes sacs de toile plastifiée munis de grandes anses. Les sacs portent des inscriptions comme le poids 1 000 kg – ce qu'ils contiennent, en l'occurrence « carbonate de lithium » – et le nom de ce qui peut être l'usine de fabrication. Suivent en petits caractères d'autres informations qu'Alex juge sans intérêt.

Il va poursuivre son exploration quand il se fait interpeller.

— Monsieur !!! Que faites-vous ici ? Qui êtes-vous ?

— Oh !!! Excusez-moi, je suis un visiteur, je crois que je me suis égaré, je cherche le bureau du directeur Monsieur Lomiz.

— Ce secteur est interdit aux visiteurs, vous voyez bien qu'il n'y a pas de bureau ici. Suivez-moi.

Alex obéit en suivant le type qui semble être un vigile, il croit percevoir un renflement au-dessus de la poche arrière du pantalon. Alex jurerait que c'est une arme.

Ils traversent une cour pour aboutir au corps principal du bâtiment. L'homme entre dans un bureau où se trouvent trois de ses collègues.

— J'ai surpris ce type dans l'entrepôt nord. Il dit vouloir rencontrer Monsieur Lomiz.

— Je vais voir s'il est là, dit celui qui semble être le chef.

En attendant, on fait asseoir Alex sur une chaise devant une table encombrée de documents, de quelques crayons et de reliefs d'un casse-croûte récent. Dans un coin, une cafetière encore fumante dégage une agréable odeur de café. L'homme qui l'a amené là, prend place de l'autre côté de la table et ne le quitte pas des yeux. Il ne semble pas agressif, plutôt benêt. L'autre type lit une revue people sans faire cas de sa présence. Sur un mur une photo encadrée montre Valparaiso au siècle dernier. Plus loin une affiche défraîchie vante les vertus de la lutte anti-communiste. Sur le mur opposé un portrait du général Pinochet jeune serrant la main d'un autre militaire haut gradé. Alex met ce temps d'attente à profit pour se préparer à une éventuelle rencontre avec le directeur. Quelques dizaines de minutes plus tard, le chef revient et invite Alex à le suivre.

Ils prennent un ascenseur jusqu'au deuxième étage. La porte s'ouvre sur un espace aux murs vert pastel, quelques fauteuils un peu avachis autour d'une table basse en bois donnent un air de salle d'attente à la pièce. Deux portes sur le mur opposé à l'ascenseur indiquent par un panneau, les toilettes et le bureau du directeur.

Le « chef » frappe à la porte du directeur et attend.

Quelques secondes plus tard, une secrétaire sans âge, plutôt gironde salue Alex et l'invite à entrer. Le « chef » reste dehors. Alex transite par un petit bureau débordant de dossiers du sol au plafond, puis la secrétaire frappe à la porte du directeur. Alex entend :

— Entrez !!!

— Bonjour, Monsieur… ?

— Monsieur Luis Sunto. Répondit Alex.

Le bureau spacieux éclairé par une grande fenêtre ressemble à tous les bureaux de directeurs, à croire que ceux-ci n'ont aucune imagination pour créer un espace de travail original et agréable. L'homme qui se tient debout en tendant la main à son visiteur est de taille moyenne, un crâne dégarni, il porte de grosses lunettes d'écaille, il doit avoir au moins soixante ans, un début d'embonpoint est visible sous la veste. La décoration des murs indique clairement son penchant politique, outre plusieurs portraits de Pinochet, une collection d'affiches militantes orne les murs. Il y a une photo que reconnaît Alex : La mine à ciel ouvert de Chuquicamata.

— Vous voulez me rencontrer m'a-t-on dit ? Vous savez sans doute que pour voir le directeur d'une entreprise, on ne le cherche pas dans un hangar.

— En effet, Monsieur, j'ai agi avec légèreté, vous comprendrez ma curiosité lorsque je vous aurai exposé l'objet de ma visite.

Je travaille pour une société de pièces détachées pour les engins de travaux publics, je fournis des pièces pour les engins qui travaillent sur l'exploitation de la mine de cuivre que vous avez en photo sur le mur. La société s'appelle *SIPTP*, Société Industrielle de Pièces pour les Travaux publics. Je viens vous visiter pour éventuellement vous avoir comme client. C'est pour cela que je me suis permis de regarder dans votre hangar, pour savoir quel type d'engins vous possédez. Et je n'ai rien vu.

— Vous avez bien fait de passer, malheureusement pour vous je n'ai pas le type de matériel qui vous intéresse, je travaille avec des camions standards qui transportent soit du minerai déjà conditionné, soit du cuivre en lingots, en plaques ou en torons. Mais vous avez eu de la chance de me trouver, car je ne suis pas souvent ici, j'habite à Vina del Mar près de Valparaiso, je passe seulement ici en début de semaine pour régler les affaires courantes.

— Eh bien merci, Monsieur... Lomiz, je crois ? Je ne vous dérange pas plus longtemps. Lomiz se penche sur son bureau les mains jointes et demande d'un air inquisiteur :

— Attendez, comment m'avez-vous trouvé ?

— Oh, tout simplement, j'ai consulté les entreprises qui sont en lien avec les mines, la vôtre figure sur ma liste.

— Bien, je vous raccompagne. Il se lève fait le tour du bureau, ouvre la porte et tends la main à Alex.

— Évitez de vous perdre à nouveau dans les hangars en sortant !!!

— J'y veillerai répond Alex avec un grand sourire.

Le « chef » est toujours là dans le « salon », il appelle l'ascenseur et tous deux se dirigent vers le bureau où se trouvent les deux autres vigiles.

Alex allait prendre congé quand l'un des types lui tend un papier.

— Il faut que vous remplissiez ce formulaire, pour des raisons de sécurité. Et vous devez nous montrer un document d'identité. Alex lit le formulaire et commence à le compléter : nom, prénom adresse, profession, etc. Pendant ce temps l'autre vigile fait une photocopie de son passeport. En le lui rendant, il dit :

— Bon retour à Paris, Monsieur le Français. Vous parlez très bien l'espagnol, bravo.

Alex remercie et sort par la grande porte des camions. Une fois dans la rue, il se retourne, regarde les fenêtres du deuxième étage et voit Lomiz qui le regarde s'éloigner. Sous une bonhomie apparente, Lomiz lui est apparu inquiet et suspicieux.

Il n'a rien appris, mais il connaît maintenant le troisième homme de la bande. Si son instinct ne lui joue pas de tours, il pressent qu'un trafic passe par ces entrepôts.

Alex n'est pas très loin du parc, la chaleur accablante du milieu d'après-midi l'incite à profiter de la fraîcheur relative des grands arbres. Il s'installe sur un banc à l'ombre d'un gros tilleul. Ce lieu lui rappelle le joyeux après-midi avec Anne et Juan. Une phrase de Juan lui revint en mémoire, ils parlaient politique et Juan avait dit : « *Avant la dictature, il y avait un peu de corruption, c'est classique en Amérique du Sud, mais l'arrivée de Pinochet a amplifié le phénomène, et le corollaire a été le développement du grand banditisme qui s'appuyait sur la corruption des dirigeants. Aujourd'hui, la démocratie n'a pas éradiqué complètement la corruption. Quant au grand banditisme, je veux dire les trafics de drogue notamment sont toujours présents. Tu sais, la corruption c'est comme le lierre qui s'attaque à un arbre, progressivement avec ses lianes il tente d'atteindre le sommet pour l'étouffer. L'arbre n'est plus que le support du lierre* ». La comparaison avec l'arbre a plu à Alex, il voyait bien l'image, car à la maison de ses parents au Sablas, en Gironde, il y avait sur la pelouse un Poirier qui était recouvert de lierre au point que l'on ne voyait plus l'arbre qui du coup ne produisait plus de fruits.

Juan poursuivit : « *Le gouvernement c'est l'arbre, il a quelques branches basses qui sont malades, comme personne n'a le courage de les couper, le lierre en profite pour s'y accrocher espérant ainsi atteindre un jour le sommet et en être le maître. Il faut aussi reconnaître que le niveau de vie est tellement bas, qu'il n'est pas étonnant que des personnes nécessiteuses tombent dans le piège des trafics* ».

Lorsque Alex rapproche ces propos avec les événements antérieurs, Juan lui semble de moins en moins innocent.

* **

Quand il vient à la Modena, Agusto Puroz gare sa Mercedes dans le parking réservé aux personnes importantes, des travaux lui en interdisent l'accès, il se gare dans la rue. Passant par l'arrière du bâtiment il rejoint son bureau dans une annexe sur l'aile droite. Un couloir vitré sépare les bureaux de la cour intérieure.

Avant d'entrer, il passe dans le bureau d'Alvaro Taloba, un ancien membre de la *CNI*, (ex *DINA*) qui travaille comme conseiller auprès de la *Guarda civil*. Ils se connaissent très bien et se rendent mutuellement de petits services occultes en marge de leur activité officielle. C'est par lui que Puroz a appris l'existence de Luis Sunto. Il a été repéré à Calama par des hommes au service de Taloba. Les voyages réguliers sur tout le continent sud-américain de Luis ont attiré leur attention. Il agit comme s'il cherchait quelque chose. Rien d'anormal, son travail de représentant justifie en partie ses déplacements, mais selon Agusto et Alvaro, il peut cacher autre chose. Ils ont fait des photos de Luis et ont prévenu Taloba et Puroz par précaution. Quand celui-ci l'a vu en compagnie de Juan, il s'est souvenu du visage et de l'alerte de son copain Taloba et a paniqué. Aujourd'hui il passe à son bureau pour avoir des informations.

— Salut, Alvaro !!! Alors as-tu des nouvelles de notre homme ?

— Oui et non, je sais qu'il n'est plus à Valparaiso. C'est tout.

— Bien, pour Valparaiso, le cas de Juan est réglé, Pablo Virez s'en est occupé. Si tu as des nouvelles, préviens-moi.

— Entendu.

Il regagne son bureau. Après une interminable réunion, il trouve une enveloppe cachetée posée en évidence sur ses dossiers. Aucun signe distinctif n'apparaît. Il l'ouvre. À l'intérieur une feuille sur laquelle est écrit : connais-tu le propriétaire de ce passeport ? Signé ton ami Frédérico.

La photocopie du passeport d'Alex est dans l'enveloppe.

Aussitôt il retourne voir Taloba. Celui-ci confirme, c'est bien le même homme rencontré à Calama et à Valparaiso.

— Alvaro, peux-tu savoir où habite ce type ? S'il est à Santiago il faut en savoir plus sur ce qu'il fait où il habite et au besoin lui donner une leçon.

— Je m'en occupe dès que possible Agusto. Tu vois, j'avais raison de me méfier de cet individu, soit il fait partie des services secrets français, soit c'est une taupe mise en place par nos concurrents, ou un flic masqué, un agent de la CIA, ou encore un détective privé. Ma préférence va pour les concurrents. Il est évident que notre place est enviable, la mine, la société d'export, la proximité du port, tous les margoulins des pays limitrophes n'ont pas cette chance.

— Ne t'inquiète pas, ce n'est pas la première fois et pas la dernière que nous aurons à traiter avec ce genre de fouille-merde. Pour Valparaiso, tu as frappé un peu fort tout de même !

— Je sais. Il n'était pas prévu de l'éliminer, seulement lui faire peur, un avertissement en quelque sorte, mais ça a mal tourné. J'avais trop peur que Juan lâche quelque chose, c'est lui qui assurait la coordination entre les dockers et certains membres d'équipage. Tu sais il était psychologiquement fragile, surtout depuis sa rencontre avec la Française qui posait trop de questions sur les agissements du Général pendant la grande épuration.

— Mais dis-moi, pourquoi aurait-il parlé à ce Sunto plutôt qu'à sa copine, il ne couchait pas avec Sunto que je sache ?

— C'est exact, dit-il en riant, mais Pirez avait remarqué que Sunto traînait sur le port et avait été au bar, ça sentait le flic ou un « Gringo » du service des stups Américains. C'est ce qui me fait dire qu'il y a peut-être eu des fuites.

— Dans ce cas tu as bien fait. Et la fille ? On l'interroge ?

— Oui, mais doucement, tu fais faire ça par la Guarda civil, un interrogatoire de routine, le mobile pourrait être l'incendie de Valparaiso et son lien avec Juan.

— Tu peux y assister, après tout tu connaissais Juan par le biais du centre socioculturel.

— Entendu, préviens-moi du jour de rendez-vous.

Puroz repart vers son bureau l'air embarrassé. Ce type l'inquiète. Les autres affaires traitées étaient plus simples, avec des types bien moins malins que ce Sunto, qui ressemble plus à un félin qu'à un bourricot. Il téléphone à Frédérico Lomiz. Celui-ci lui raconte son entrevue avec Alex et lui confirme qu'il a des doutes sur le véritable mobile de sa visite ayant été surpris dans le hangar des sels de

Lithium. Cette information accentue encore les craintes d'Agusto Puroz.

*****

Alex prend un bus et rentre à son hôtel. En chemin il espère trouver un message d'Anne, ou bien Anne attendant son retour. Il est déçu, personne ne l'attend et il n'a pas de message.

Après le dîner, il retourne dans le bar où il a vu les danseurs, mais ce soir il n'y a pas de musique et pas de danse. Il s'installe au comptoir et commande un whisky. Il y a du monde. À la place de l'orchestre et de la piste de danse où sont installées des tables basses entourées de petits tabourets recouverts de cuir rouge. Les clients boivent des boissons alcoolisées en mangeant des tapas. L'atmosphère est agréable. Il voit qu'il ne passe pas inaperçu, mais il est habitué, sa démarche et son physique ne font pas « latinos ». Il est trop grand.

Après plusieurs whiskies et une bonne prise de tête à propos d'Anne, il rentre se coucher se disant qu'il est amoureux. Est-ce l'effet du whisky ?

Il se réveille tôt. Anne a accompagné quelques-unes de ses rêveries nocturnes. Il ne sait pas encore comment organiser la journée, il a envisagé hier d'aller du côté de la Moneda pour voir l'édifice chargé d'histoire, s'il n'a pas d'autre piste à suivre. Vers 8 heures il descend prendre un petit-déjeuner, lorsqu'il arrive dans le hall, sur la gauche, assise dans un fauteuil Anne l'attend. Il s'avance vers elle en lui tendant la main.

— Anne !!! Je ne t'attendais plus. C'est un plaisir te revoir. Veux-tu prendre un petit-déjeuner avec moi ?

— Bonjour, Luis, je veux bien. Ils se dirigent vers la salle du déjeuner dans la pièce attenante.

— Je t'ai attendu hier jusqu'à midi, puis, déçu je suis parti en balade toute la journée.

— Je suis désolée de t'avoir fait attendre, hier j'avais besoin de me remémorer tes propos, d'y réfléchir et de prendre une position par rapport aux événements. Ensuite j'ai travaillé sur mon projet, j'ai ordonné mes notes, j'ai aussi imaginé une alternative à ma vie. Tu vois, je ne me suis pas ennuyée.

— Et alors, tu viens me présenter le résultat de tes analyses ? Dit-il avec un sourire volontairement ironique. Elle relève la tête, le regarde droit dans les yeux, et approche imperceptiblement son visage. Alex est fasciné, elle est magnifique avec ses cheveux noirs retenus en chignon traversé par une pique de bois finement ouvragée. Son tee-shirt rouge moulant rentré dans un jean délavé accentue sa taille fine de pin-up américaine.

— C'est exactement ça. Dit-elle. Après avoir beaucoup pesé les avantages et inconvénients, j'ai décidé deux choses : la première, je souhaiterais que tu viennes avec moi pour mes enquêtes hors de la ville et la deuxième, si tu en as le temps et le désir de le faire, que tu enquêtes sur Juan. Qu'en penses-tu ? Alex n'est pas vraiment surpris par sa deuxième requête, sauf qu'il n'imaginait pas qu'elle puisse porter sur la vie de Juan. La première demande le surprend agréablement, elle souhaite être en sa compagnie. Que du bonheur pense-t-il, il faudra qu'il joue correctement son rôle.

— Je suis surpris, et agréablement. Cependant, j'ai des questions, surtout à propos de Juan, pourquoi enquêter sur lui et pas sur les circonstances de sa mort ?

— C'est en relation avec ce que tu as dit : « *je suis aussi peut-être impliqué dans cette sale affaire* ». Pour moi, cela veut dire que tu soupçonnes fortement qu'il a été mouillé dans quelque chose de dangereux et d'illégal. Sa mort n'est qu'une conséquence, ce que je veux savoir, c'est la cause. Je me dis aussi que si je n'étais pas partie, je serais certainement morte aussi pour être restée à ses côtés. Alors j'ai une question : qui était-il donc ?

Anne se révèle être de plus en plus une femme de caractère qui regarde les choses sans concessions.

Ce qu'il ne pouvait deviner, c'est que cet état de conscience était nouveau chez Anne. Elle avait grandi et mûri en découvrant les atrocités que les hommes pouvaient commettre, puis la mort violente de Juan avait été le point d'orgue de sa réflexion.

— Pourquoi crois-tu que je sois capable d'enquêter ? Ce n'est pas mon métier, ce que j'ai fait à Valparaiso était de la pure curiosité, et dans quelque temps, je repars vers le nord pour travailler.

— Justement, ton retour dans le désert d'Atacama m'intéresse pour mon projet, si tu le veux bien je voudrais venir avec toi.

— Je veux bien que tu m'accompagnes, mais j'ai une vie de nomade, un jour ici le lendemain au Brésil et après-demain au Mexique. Je ne vois pas comment mener ton enquête et à part faire le voyage ensemble, ce sera un peu chacun pour soi.

— D'accord, je m'emporte, mais par exemple demain je dois aller à Colina, c'est à une heure de bus, on fait l'aller-retour dans la journée. Tu serais d'accord ?

— Pour demain, c'est possible.

— Que fais-tu aujourd'hui Luis ?

— J'avais plus ou moins prévu d'aller visiter la Moneda. Tu peux venir si tu veux ?

— Oui, j'y suis allée une fois pour mon projet. Tout a été remis à neuf depuis la mort d'Allende.

— Tu n'as pas répondu à ma question : crois-tu que je sois la bonne personne pour découvrir qui était Juan ?

— Mon instinct de femme me dit que tu as des prédispositions, et peut-être que tu ne nous as pas tout dit à ton sujet. Je t'ai beaucoup observé durant le week-end, et parfois tu as laissé voir ne serait-ce qu'une fraction de seconde une autre partie de toi-même, par exemple lors de la manifestation. Et puis ce que tu nommes de la curiosité, c'est pour moi autre chose. Je perçois chez toi un homme mystérieux qui veut passer pour Monsieur tout le monde, mais quelques fois cela sonne faux.

— C'est pour ça que tu es revenue ce matin ? Le visage d'Anne rosit légèrement, elle ne s'attendait pas à la question, du moins pas tout de suite.

— Décidément Luis est prompt à la réplique pertinente, surtout lorsqu'elle fait mouche se dit-elle.

— Je répondrai à cette question plus tard, allons à la Moneda.

Ils quittent l'hôtel et décident de faire le trajet à pied, il y a à peine une demi-heure de marche. Pendant ce temps, Alex essaye de réfléchir à une stratégie, car vraisemblablement Anne, fine mouche ne se laissera pas rouler facilement, elle a déjà suspecté des zones d'ombre dans ce qu'elle connaît de sa vie.

Ils sont proches du palais de la Moneda, dans une petite rue transversale, quand Alex passe devant la Mercedes d'Agusto Puroz garée le long du trottoir. Il y a un bref ralentissement dans la marche qu'Anne ne remarque pas. Que faire, s'il le rencontre au cours de la visite ? Puroz le reconnaîtra et fera le lien entre Anne, lui et Juan. Ce raisonnement hypothétique pourrait être préjudiciable à Anne. Avec un peu de chance, il n'y aura pas de rencontre, les visiteurs ne vont pas dans les parties « opérationnelles du bâtiment », ce détail le rassure.

La visite est sommaire : quelques salons, et le bureau du Président Allende, là où il prononça son dernier discours, un appel à la raison pour interrompre un processus qu'il savait meurtrier. Mais surtout l'endroit où il s'est donné la mort. Ils prennent le chemin du retour en passant par les jardins sans avoir rencontré Puroz.

Alex s'est conduit en parfait touriste, il ne lui a manqué que l'appareil photo et Anne a fait de son mieux pour apporter ses connaissances historiques autour desquelles ils discutent encore en traversant les jardins à la française au-delà de l'esplanade.

Anne commence à confier à Alex quelques états d'âme sur son projet de doctorat. Elle lui confie qu'elle n'imaginait pas tout ce que les populations avaient enduré. Elle venait aussi de découvrir les capacités de nuisance et de cruauté dont l'homme était capable. D'entendre les gens raconter ce qui s'est passé, de voir dans leurs regards tantôt la haine, tantôt la peine, avait bouleversé son âme de petite-bourgeoise n'ayant vécu que dans des milieux protégés. La distance et les années passées avaient estompé ces atrocités historiques. Les visites qu'elle faisait les avaient ravivées au point de lui donner les reflets d'une réalité encore présente. Venir ici et découvrir encore et toujours des récits de scènes d'horreur lui coûtaient beaucoup. Pendant sa journée de méditation, elle avait évoqué l'idée d'abandonner.

Elle avoue aussi à demi-mot ses états d'âme à propos de Juan. Certes ils se sont aimés lorsqu'ils vivaient à Paris, mais là encore le temps a fait son œuvre et gommé une partie de son amour. Elle s'accuse d'opportunisme en venant ici pour y poursuivre des études. Elle a profité honteusement de son ancienne relation avec Juan. Juan avait un amour sincère pour elle, alors que pour Anne ce sentiment s'avérait moins profond que ce qu'elle avait imaginé.

Avec ces confidences, Alex a le sentiment d'un rapprochement perceptible lui entrouvrant les portes d'une véritable amitié. Il commence aussi à comprendre le détachement qu'elle a eu par rapport à la disparition de Juan en voulant percer le mystère de sa mort. Son souhait qu'il l'accompagne sur les lieux historiques d'exécutions lui est évident. Elle a besoin d'un soutien moral. Midi est passé depuis longtemps, ils s'arrêtent dans un bar. Alex n'ose pas reposer la question de sa venue aujourd'hui, il lui laisse la main pour répondre quand elle le souhaitera. L'après-midi ils déambulent dans le quartier des affaires avant de rentrer chacun chez soi. En chemin, Alex s'est intéressé aux travaux de recherche qu'elle mène, outre son relatif intérêt pour cette démarche, il veut surtout éviter le sujet de l'incendie de Valparaiso.

Avant de se quitter, ils prennent rendez-vous pour le lendemain à 8 heures à la gare routière pour se rendre à Colina.

La gare routière à l'heure de la transhumance des ouvriers et employés vers les grandes banlieues de Santiago, est un mouvement brownien. Le bâtiment central plus long que large est ceinturé de places de parking pour les bus. Plusieurs compagnies sont présentes. Pour le néophyte les logos et inscriptions en gros caractères inscrits sur le devant et les flancs des bus, facilitent le repérage. Les passagers s'agglutinent devant les tableaux d'affichage et d'autres vont et viennent en tous sens attendant l'heure du départ. Il y a du choix, une trentaine de bus se partagent les destinations aux quatre points cardinaux de la capitale.

Anne et Alex ne connaissent pas la gare ni les directions des lignes, Anne connaît juste sa destination, la petite ville de Colina. Après de multiples attentes aux guichets elle obtient la ligne qui dessert Colina. Deux tickets en poche ils prennent place dans le bus. Le trajet dure une heure, Colina n'est qu'à 30 kilomètres au nord de Santiago le plus long est de sortir de la ville.

Colina se situe dans une large vallée entourée de collines de taille moyenne. Le bus les dépose au centre-ville, mais ce n'est pas la destination finale d'Anne. Elle veut se rendre dans l'ancien camp de prisonniers de Peldehue au nord-est de la ville. Elle demande à quelques passants s'ils connaissent le contact que lui a indiqué l'association. La première impression qui se dégage des personnes interrogées, est un mélange de surprise et de méfiance, mais on finit par lui indiquer la direction pour se rendre à l'adresse indiquée.

Alex demande : que sais-tu de ce qui s'est passé là où nous allons ?

— Je sais que c'était un des camps du régiment Tacna, et qu'ils déportaient ici les prisonniers politiques arrêtés à Santiago. Je sais aussi qu'il y a une omerta sur ce camp, c'est pour ça que je veux venir, pour interroger les gens du village.

Peldehue est un petit hameau. Le contact indiqué est un homme, un Monsieur d'un certain âge, il les accueille avec sympathie, il semble heureux de témoigner. L'association l'a averti de la venue d'Anne, il n'est pas surpris. Il explique que le camp se situe à 7 km du hameau, il prévint qu'il ne souhaite pas s'y rendre, cependant, il raconte ce qu'il a vu.

Au-delà du hameau, le relief s'élève et la pierraille prend le pas sur la végétation, ce qui rend l'endroit encore plus funeste.

Il raconte qu'un jour, un convoi qui arrivait de la capitale était composé de camions recouverts de bâches. Sous la bâche des prisonniers entassés les uns sur les autres étaient attachés par les poignets avec du fil de fer. Dans le camp il y avait un puits asséché large de trois mètres et profond d'une dizaine de mètres. Les soldats qui précédaient le convoi avec une jeep démontaient la mitrailleuse et l'installaient à une quinzaine de pas du puits. Ensuite, chaque prisonnier était placé dos à la mitrailleuse face au trou. Ils étaient les uns après les autres exécutés et tombaient dans le puits. Après les exécutions, un officier faisait exploser des grenades dans le trou qui par la suite était comblé. Pour essayer de dissimuler ce forfait, en 1978, les corps avaient été déterrés, mis dans des sacs et avaient été jetés à la mer au moyen d'hélicoptères de l'armée de l'air. Aujourd'hui, il n'y a plus de traces du puits. Choqués, Anne et Alex refusent d'aller sur le site.

Le retour dans le bus est morose, chacun a en tête le récit du vieux Monsieur. En fin d'après-midi, Anne demande à Alex si elle peut passer demain, pour lui parler de l'enquête sur Juan.

***

Le lendemain matin, lorsque Alex descend pour le petit-déjeuner, un mot d'Anne lui annonce qu'elle est convoquée à la Moneda par un inspecteur de la Guarda civil à 10 heures.

Sale coup !!! Y a-t-il un lien entre cette convocation et lui ? Il pense pour se rassurer que cela doit être en rapport avec l'enquête sur l'incendie de la maison de Juan.

Anne arrive un peu avant l'heure du rendez-vous. On la fait patienter dans un couloir de la partie administrative du palais. Un homme jeune, en chemise, col ouvert fait entrer Anne dans un bureau vieillot, exigu, encombré de dossiers où un ordinateur a remplacé la traditionnelle machine à écrire. Dans un angle miraculeusement épargné par le désordre, un homme d'un certain âge, petit, maigre, est assis sur une chaise et regarde entrer Anne avec curiosité.

Le jeune policier fait asseoir Anne et demande :

— Vous êtes Française ? Parlez-vous suffisamment bien espagnol ou alors anglais ? Personnellement je ne parle que quelques mots de Français.

— Oui je me débrouille bien en Espagnol, si j'ai des difficultés je vous en ferai part. Répondit Anne.

— Alors, commençons. Vous connaissiez Juan Elios ? Vous savez qu'il a péri dans l'incendie de sa maison à Valparaiso. Nous aimerions savoir depuis quand vous le connaissiez, pour quelles raisons l'avez-vous rejoint, et pourquoi maintenant vous logez chez des amis de ses parents ici à Santiago ? Anne est un peu rassurée par le motif de la convocation, elle prend une grande inspiration et commence à raconter comment elle a rencontré Juan puis le motif de sa présence sur le sol chilien. En toute innocence, elle dit tout ce qu'elle sait. Le seul point qu'elle occulte est sa rencontre avec Alex.

— Selon vous, Juan Elios avait-il des ennemis, ou des ennuis ?

— Je ne crois pas, il s'entendait bien avec tous ses collègues de travail. En dehors de ceux-ci je ne lui connaissais pas d'autres relations. Mais il devait en avoir, je ne vous apprendrais rien si je vous dis qu'il militait dans un mouvement politique.

— En effet nous étions au courant. Connaissez-vous Luis Sunto ? Anne qui n'est pas rompue aux interrogatoires et aux intrigues se trouble. Les deux hommes le remarquent.

— En effet, nous avons rencontré ce Monsieur par hasard à la terrasse d'un café il y a plusieurs semaines. Juan et lui ont sympathisé, mais je ne l'ai pas revu depuis mentit-elle presque naturellement.

— Est-ce que Juan Elios avait des difficultés financières ?

— Vous savez mieux que moi combien sont payés les fonctionnaires du centre socioculturel de Valparaiso. Alors oui, Juan avait besoin d'argent, comme tout le monde.

— Vous parlait-il de son engagement politique ?

— Oui quelques fois.

— Y avait-il des soirées ou des journées où il s'absentait ?

— Oui, si je lui demandais où il allait, il disait aller à des réunions.

— Vous a-t-il parlé d'un certain Agusto Puroz, ou d'un Monsieur Pédro Virez ?

— Je n'ai jamais entendu ces noms-là.

— Cela ne vous a pas paru curieux, que ce Monsieur Sunto vous aborde ? Savez-vous ce qu'il fait dans la vie ?

— Si je devais m'inquiéter chaque fois qu'un homme m'aborde, surtout lorsqu'il reste correct et poli, je ne serais pas une femme normale. Et puis c'est un touriste, un peu comme moi. Je crois que son métier c'est le commerce de pièces détachées pour les travaux publics, je n'ai pas attaché beaucoup d'importance à ça.

— Vous avez dit qu'ils ont sympathisé avec Juan Elios, pouvez-vous développer ? Anne percevait que les questions tournaient de plus en plus autour de Luis et de Juan. Elle prit un air agacé.

— Nous sommes restés ensemble un week-end, puis Juan qui retournait chez lui a proposé à Luis Sunto de lui faire visiter Valparaiso. Depuis, je ne sais plus rien.

— Comment avez-vous appris la disparition de Juan Elios ?

— Par la presse, puis par le centre socioculturel.

— Depuis la mort de Monsieur Elios, avez-vous envisagé de rentrer en France ?

— Je rentrerai en France lorsque j'aurai terminé mes recherches. Le vieux Monsieur assis dans le coin demande soudain :

— Monsieur Elios vous a-t-il un jour par des sous-entendus fait part de rumeurs sur des trafics de marchandises sur le port ?

— Dans son quartier, ce n'est un secret pour personne qu'il y a de petits trafics, mais rien de grave. Enfin c'est ce qu'il m'a dit. Vous pensez qu'il y a un lien avec l'incendie et sa disparition ?

— Je ne « pense » pas Mademoiselle, je pose une question.

— Je n'ai pas de réponse à votre question, nous n'avons jamais parlé de cela, il m'a toujours semblé honnête et raisonnable, sinon je ne serais pas restée avec lui.

— Bien, reprit le jeune policier, nous allons mettre fin à notre interrogatoire, mais si par hasard vous étiez amenée à rencontrer Monsieur Sunto, s'il vient à Santiago, vous seriez obligée de nous en informer rapidement. Merci pour votre collaboration Le policier se lève ouvrit la porte, salue Anne, ferme la porte et se retourne vers Agusto Puroz.

— Alors, vous avez appris quelque chose ?

— Oui, je crois qu'elle dit la vérité à propos d'Elios. En revanche elle nous cache quelque chose sur Sunto. Il faut la faire surveiller, car maintenant c'est celui-là qui m'intéresse.

Chapitre VI

Alex n'a pas encore fait de rapport sur ses observations et suspicions auprès des services du renseignement français. Il attend d'avoir une preuve formelle d'un trafic.

Depuis la convocation d'Anne à la Moneda, il ne l'a pas revue. En son absence, il a passé du temps en observation devant l'usine de Frédérico Lomiz. Rien n'a retenu son attention. Des camions chargés de barres et de plaques de cuivre ou de sacs identiques à ceux observés dans le hangar font une noria entre l'usine et le lointain lieu de production. Alex imagine qu'il s'agit des environs de la mine à cause des couches de poussière et parfois de boue qui recouvre les bâches de protection des remorques. Pour être tout à fait convaincu qu'il se passe ici des choses clandestines, il doit y revenir la nuit. En rentrant à l'hôtel, il trouve un mot d'Anne « *Tu es repéré, peut-être en danger. Nous ne devrions plus nous revoir, je crois que je suis surveillée.* » Suivait un numéro de téléphone.

Ainsi le rendez-vous d'Anne à la police cachait autre chose. Avant d'appeler, il a besoin d'organiser ses pensées et revoir son point de vue. Si la menace évoquée dans le message est réelle – si elle ne l'est pas, elle ne l'aurait pas écrite. Le plus sage serait de disparaître, abandonner Anne pour ne pas la mettre en danger. La sagesse n'est pas dans sa nature, et cette option lui semble trop lâche. Il doit la protéger.

Comment la police avait-elle établi un lien entre Anne et lui ? Après une torture intellectuelle menée autour d'un verre de whisky, il arrive à la conclusion que le seul point de convergence est Agusto Puroz. Lui seul a vu Alex en compagnie de Juan. Le point qui bloque son raisonnement est : comment et pourquoi Puroz a informé la police du lien entre Juan et lui ? Une seule réponse convient ; elle fait écho à la remarque de Juan sur la corruption. Si cette hypothèse est bonne, cela veut dire que la police et Puroz sont de mèche, cela implique une corruption au plus haut niveau. Une fois ces considérations faites, il téléphone à Anne.

Anne est affolée, elle lui raconte son interrogatoire en lui indiquant que la police le recherche et compte sur elle pour l'informer sur sa présence soit à Valparaiso soit à Santiago. Elle le rassure en lui disant que pour l'instant ils ne savent pas où il est. Ce qui en revanche l'inquiète c'est la raison pour laquelle il est officieusement recherché. Elle lui confie qu'elle soupçonne qu'il lui dissimule quelque chose de grave.

Alex demande quelle raison officielle a été avancée pour justifier sa convocation et qui était présent lors de son interrogatoire. Lorsqu'elle décrit le personnage assis dans le coin du bureau, Alex reconnaît immédiatement Agusto Puroz. Il sait alors que ses hypothèses de corruption et de trafic sont fondées. Cela modifie ses plans.

Pour clore la communication avec Anne, il lui indique la nécessité absolue de la rencontrer, car il a des révélations à lui faire. Cet argument devrait la décider à surmonter ses craintes pense-t-il. Pour que la rencontre soit la plus discrète possible, il lui fixe un rendez-vous près du parc Forestal. Elle devra s'y rendre en taxi vers minuit. Il prend comme hypothèse qu'à cette heure-là la surveillance d'une jeune femme étrangère devrait être allégée. Après un moment d'hésitation, Anne accepte le rendez-vous.

Le parc *Forestal* est fermé, la pleine lune éclaire les arbres en projetant des ombres d'un noir profond dans les allées désertes.

Seuls les monuments et les statues luisent en noir et blanc sur l'arrière-plan obscur du parc. Dans la rue la circulation est de plus en plus rare, le taxi apparaît et s'arrête devant les grilles du parc, Alex se dissimule dans une zone d'ombre. Une fois le taxi reparti, Anne reste sur le trottoir paniquée regardant avec inquiétude autour d'elle.

Une fois qu'Alex est certain qu'elle n'avait pas été suivie, il s'approche. En l'apercevant, elle se jette dans ses bras. L'émotion dissipée, ils se mettent à marcher en évitant les éclairages publics. Le but d'Alex est double, se mettre en planque près de l'usine de Frédérico Lomiz et donner à cette occasion des informations complémentaires à Anne.

— Où allons-nous ? Demande Anne au comble de l'inquiétude.

— Nous profitons de l'obscurité pour essayer de découvrir ce qui a pu causer la mort de Juan.

À vrai dire, Alex ne sait pas trop comment annoncer à Anne qu'il a peut-être découvert un trafic important dont il ne connaît pas la nature. Il veut aussi lui dire que le personnage de Juan n'était pas tout à fait celui qu'elle connaissait.

Ces révélations, s'il les livre à Anne, la faire entrer dans une spirale ténébreuse de mensonges et de dissimulations. S'il parle, il lie le destin d'Anne au sien. Acceptera-t-elle ? Il décide de faire des révélations par touches successives, les réactions d'Anne détermineront la poursuite ou non de la vérité.

Il se rend compte combien un sentiment, l'amour peut à ce point infléchir la déontologie stricte de son métier qu'il suit depuis des dizaines d'années. La déclaration de son amour pour Anne sera la toute dernière des révélations qu'il lui fera, s'ils font suffisamment de route ensemble.

Anne n'est plus elle-même, elle a du mal à s'identifier dans les pas de cette jeune femme qui suit un homme entouré de mystères en pleine nuit, dans une banlieue de Santiago cheminant dans des rues mal éclairées sans but précis. Elle n'est plus l'étudiante désinvolte poursuivant une enquête vers un doctorat en sociologie. En quelques jours, elle a quitté sa chrysalide pour entrer dans la vraie vie, une vie qui n'est pas celle des livres, mais celle d'une rencontre de hasard, métamorphosant une destinée rectiligne en arabesques inachevées.

Elle découvre l'excitation du danger, de l'inconnu, depuis sa descente du taxi l'adrénaline distille insidieusement dans son corps une vigueur qu'elle n'a jamais ressentie. La sensation de changer de vie depuis peu la transporte dans un autre univers, pour l'instant celui de la nuit. Ainsi elle chemine au côté d'Alex les pupilles dilatées tous ses sens en alerte. Une substance doit annihiler quelque chose dans son cerveau, car elle n'a pas peur.

Après un moment de silence, Alex d'une voix feutrée prend la parole.

— Au point où en sont nos relations, et depuis les renseignements que tu as obtenus de la police, je dois te donner quelques explications. Mon métier de représentant commercial est bien réel. Cependant je ne suis pas totalement étranger aux enquêtes policières, bien que je ne sois pas policier. J'avais envisagé de me désintéresser progressivement des causes de la mort de Juan, j'avais quelques éléments d'enquête qui ne menaient qu'à des hypothèses non vérifiées. Ce qui m'a fait changer d'avis, c'est la présence de la personne dont tu m'as parlé dans le bureau de la police. Ce type me connaît. C'est lui que Juan a rencontré dans le restaurant de

Valparaiso. Après la mort de Juan, j'ai mené des filatures et j'ai découvert tous les noms des personnages qui semblent impliqués dans sa mort. Je connais leur adresse, excepté celle d'Agusto Puroz, le type du bureau.

Cet homme a un ami qui possède une usine, ou plutôt un dépôt de minerais et de cuivre dans la proche banlieue, c'est là que nous allons ce soir. J'ai passé la journée en planque et je n'ai rien vu d'anormal, mais j'ai le sentiment, après avoir rencontré le directeur il y a quelques jours, que le trafic se fait la nuit et passe par ici. Je n'ai pas d'idée sur le genre de trafic. Si ce soir ou les soirs suivants il y a une activité dans cet entrepôt, j'aurais la preuve de ce que j'avance.

— Tu es quoi, si tu n'es pas policier ?

— Agent commercial. Peut-être connaîtras-tu un jour mon passé. Je n'ai pas envie d'en parler ce soir.

— Pourquoi m'entraînes-tu dans cette aventure ce soir ?

— C'est le seul moyen que j'ai trouvé pour te parler en trompant les gens qui peut-être te surveillent. Je veux te faire part de ce que j'ai découvert et te dire mon intention de continuer les recherches suite à tes informations. Tu aurais pu refuser de venir, ta présence me conforte à poursuivre et, pourquoi pas avec toi ?

—Mais c'est dangereux, si l'on nous voit ensemble nous aurons des ennuis tous les deux.

—Je sais, fais-moi confiance, nous serons prudents, et j'ai des raisons de penser qu'il ne nous arrivera rien de fâcheux.

Ils marchent depuis une demi-heure, l'entrepôt se distingue vaguement dans l'obscurité, Alex connaît les environs, l'après-midi il a repéré un endroit discret et confortable pour l'observation nocturne.

Il y a une cabane à outils en planches dont la porte manque dans un jardin abandonné en bordure de rue. De l'intérieur une ouverture en forme de losange permet une observation directe sur le portail de l'entrepôt situé à une centaine de mètres. À l'intérieur de la cabane, des morceaux de planches et des billots de bois peuvent servir de banc.

Ils s'installent chacun sur un siège improvisé. Pas un bruit ne vient troubler la quiétude de la nuit, le bruit pourtant léger de leurs respirations semble emplir la cabane. Ils n'osent parler. Vers deux heures, Alex sort de la cabane pour satisfaire un besoin naturel, à peine a-t-il quitté son abri, qu'un bruit de ferraille se fait entendre. Il s'accroupit et voit la grille d'entrée de l'entrepôt s'ouvrir. Une minute plus tard, une Jeep Wrangler couverte de poussière entre dans la cour, puis la grille est refermée. Aucune lumière n'indique une présence humaine, mais au bout d'un moment, des faisceaux de lampes torches strient par intermittence les infrastructures des bâtiments. Une heure plus tard, la Jeep Wrangler ressort en reprenant la direction inverse. Ils attendent un long moment, mais aucun bruit ni aucune lumière ne filtre des bâtiments. Alex en conclut que seuls les gardiens restent à l'intérieur. Dommage se dit-il, j'aurais aimé visiter le hangar aux sacs blancs.

Il est trois heures du matin. Il n'y a pas encore de taxi aux environs du parc Forestal, Alex et Anne attendent cinq heures pour rejoindre le parc. Il commence à faire frais, Anne demande à se rapprocher d'Alex pour avoir moins froid. Lorsqu'il sent la chaleur et la chevelure d'Anne contre lui, il pose sa main sur son épaule, elle accentue son rapprochement contre Alex. Pas un mot ne trouble ce geste tendre. Alex brûle d'envie de lui annoncer l'amour qui le submerge. Anne est blottie dans le creux de son épaule, le lieu n'est pas vraiment romantique, l'obscurité gomme la rusticité du décor, mais crée une intimité favorable aux confidences.

— Anne ? – Elle sursaute, elle venait de s'assoupir.

— Qui a-t-il ?

— Je suis confus, tu dormais ?

— Pas vraiment, j'étais bien et commençais à somnoler.

— Anne, j'éprouve un besoin irrépressible de t'avouer quelque chose. Elle ne bouge pas, émet un petit gémissement de bien-être en gardant les yeux clos.

— Anne, je t'aime.

— Je l'avais ressenti – dit-elle en soulevant la tête. Il ne peut voir son regard dans l'obscurité, il sent seulement un souffle léger lui effleurer le visage puis la tête d'Anne retrouve sa place sur son épaule.

— Cela fait quelque temps que je devine tes sentiments. Les hommes sont tellement maladroits pour dissimuler leurs sentiments devant une femme…

Alex reste sans voix, lui, le guerrier, l'aventurier, le vagabond dont le métier est de dissimuler, d'illusionner, est pris en défaut par une femme encore nimbée par l'innocence de la jeunesse. Le moment de honte passé, il veut encore parler de son amour, mais il n'ose pas. Il attend une autre réaction d'Anne, mais elle semble à nouveau endormie. Anne ne dort pas, elle est heureuse qu'Alex se dévoile, mais la prudence lui dicte de ne pas lui avouer qu'elle aussi a des sentiments à son égard. Elle lui dira lorsqu'il se sera davantage ouvert sur sa vie. Le souvenir de Juan imprègne encore son cœur, mais Alex a d'autres atouts, il dégage un charisme certain, il est bel homme, bien plus mature que Juan, et le côté aventurier qu'il tente de masquer attire Anne. Seulement avant de se jeter dans ses bras et son cœur, elle veut en savoir beaucoup plus sur lui. En somnolant, elle envisage un plan pour rester avec lui sans pour autant devenir sa maîtresse.

Alex ne peut s'assoupir, la réaction d'Anne, ou plutôt son absence de réaction l'incommode. Des minutes et des heures interminables s'écoulent jusqu'à ce que la pâle clarté de l'aube donne l'heure du départ. Après avoir vérifié les alentours, ils partent en se tenant par le bras vers une station de taxis. Dès qu'ils se mettent en marche, Anne demande :

— J'ai envie que nous restions ensemble bien que ce soit dangereux. As-tu une idée sur la façon de faire, à moins que tu estimes qu'il vaut mieux se séparer et communiquer par téléphone. Alex avait déjà construit plusieurs plans pendant la nuit, il présente à Anne celui qu'il préfère, mais qui ne sera pas le plus facile.

— Oui, dit-il, je te propose de ne pas retourner vivre chez toi. Cela pose une multitude de contraintes, mais possède un énorme avantage : les personnes qui te surveillent ne te voyant plus cesseront la surveillance jusqu'à ce qu'ils mènent une enquête sur ta disparition, ce sera long et d'ici là… Où serons-nous ? Cependant, tu devras y retourner une fois pour prendre tes affaires et expliquer à tes logeurs que tu rentres précipitamment en France.

— Et où irais-je ?

— Tu peux venir dans mon hôtel, je ne suis pas surveillé. Tu pourras continuer tes recherches pendant que je mène mon enquête. Anne avait à moitié imaginé ce scénario, car elle ne l'avait pas encore dit à Alex, mais elle avait décidé d'arrêter son travail et peut-être rentrer en France. Tout dépendrait de lui.

— D'accord dit-elle, cependant je te prie d'excuser, mon côté bassement matériel, mais je n'ai pas les moyens de vivre à l'hôtel et je ne tiens pas à dormir avec toi.

— Je n'imagine pas qu'il en soit ainsi, je fais mon affaire des frais de séjour.

— Il faut que tu connaisses aussi une décision que j'ai prise récemment, j'arrête mes recherches sur la dictature. C'est trop dur pour moi, j'apprends tellement de choses horribles que je n'arrive plus à dormir et je me rends compte de mon erreur d'être venu ici. J'avais envie de joindre l'utile à l'agréable, et je n'ai globalement trouvé ni l'un ni l'autre. Je suis allée de désillusion en désillusion.

— Mais nous nous sommes rencontrés !!!

— Oui, ce sera peut-être le seul point positif, mais il est beaucoup trop tôt pour le dire avec certitude.

Ils étaient arrivés à la station de taxis, après quelques dizaines de minutes d'attente, il s'en présente un qui les conduit à l'hôtel d'Alex. Il n'y a plus de chambre disponible, le patron propose une chambre chez un collègue à une centaine de mètres de là. En attendant, ils prennent un copieux petit-déjeuner au cours duquel Alex organise leur vie pour les prochains jours.

Anne rejoindra son appartement tard dans la soirée, y passera la nuit pour en repartir très tôt le matin ou le jour suivant, mais toujours la nuit. Alex continuera les surveillances de l'entrepôt, il imagine aussi louer une voiture pour filer une éventuelle Jeep Wrangler. Il veut aussi se renseigner sur les activités officielles de Puroz à la Moneda. Tout cela se fera avec ou sans Anne, selon son bon vouloir. Maintenant qu'ils sont voisins, ce serait plus facile de se rencontrer.

* **

Depuis qu'Agusto Puroz a demandé la mise sous surveillance d'Anne, il passe tous les jours dans le bureau de son copain policier pour prendre des nouvelles. Non seulement elle ne les a pas menés à Luis Sunto, mais elle a disparu. Puroz est furieux. Soit c'est une défaillance des équipes de surveillance, soit elle est malade, soit elle est partie sans que l'on s'en aperçoive ce qui accrédite l'hypothèse qu'elle est en liaison avec Sunto. Tout cela tombe mal, ils sont avec Frédérico Lomiz, sur le point de conclure un très gros marché avec les Mexicains. Un bateau doit quitter le port de Valparaiso dans une semaine avec à son bord 300 kg de Cocaïne. Cela fait six mois que l'opération est engagée, la marchandise vient de Bolivie en transitant en petites quantités par l'Argentine, en longeant la cordillère des Andes qu'elle franchit par un col difficile au nord de Santiago. La filière chilienne est responsable du stockage des arrivages, de l'acheminement à l'entrepôt, et du conditionnement dans les sacs de carbonate de lithium, de l'organisation du transfert au port et surtout de la coordination avec les équipes mexicaines du port d'Ensenada pour le déchargement. Tout cela demande une organisation sans faille, mais le jeu en vaut la chandelle, le chargement est payé en dollars, il y en a pour plusieurs millions. Plus l'échéance approche, plus les nerfs sont à vif depuis la visite de Sunto dans l'entrepôt. Le risque d'un dérapage augmente. Il faut tenir les hommes jusqu'au jour J.

Puroz hésite à lancer un avis de recherche par l'intermédiaire de son copain policier, pourtant il a une photo de Luis Sunto, la photo de son passeport. Il hésite, car il ne veut pas attirer l'attention de la police, il n'a pas de connaissances dans tous les services, tous ne sont pas corrompus. Il décide de faire le minimum. Seuls son copain et un des agents de son service ont la photo. Avec un peu de chance, Luis Sunto peut être localisé, même si c'est après l'expédition de la drogue.

Cela fait une semaine que la Jeep Wrangler assure une livraison par nuit, il y a encore trois convoyages prévus. Le travail d'assemblage se fait la nuit, la cocaïne arrive dans de petits sachets plastiques d'un demi-kilo dissimulés dans la roue de secours de la Jeep Wrangler. Les sachets sont transvasés dans des sachets plus grands de forme arrondie du diamètre des sacs de carbure de lithium, ils sont thermosoudés et disposés au fond des sacs. Il ne reste plus qu'à remplir les sacs avec les cristaux de lithium. Les sacs sont ensuite scellés par un plombage numéroté agréé par les services des douanes de l'État chilien. Lors du chargement sur le bateau, les numéros sont contrôlés par les services administratifs du port.

* **

Le lendemain de leur expédition nocturne, Anne retourne à son appartement. Elle quittera le logement dans le milieu de la nuit suivante. Alex profite de l'absence d'Anne pour faire un rapport aux services français sur ce qu'il a vu et soupçonne. Il conclut en indiquant qu'il reste à Santiago le temps nécessaire pour trouver des preuves concrètes sur le trafic supposé. Il informe également son employeur sur la nécessité de rester plus longtemps que prévu dans le sud du Chili pour repérer d'éventuelles opportunités de marchés dans le secteur de la Patagonie.

Ces formalités administratives achevées, il loue une voiture. Il a convenu avec Anne qu'il retournera observer l'entrepôt la nuit suivante. En revenant de chez le loueur de voitures, il passe du côté de la Moneda, prend les rues adjacentes, mais ne voit pas la Mercedes. Par intuition il part vers l'entrepôt. Il dépasse le grand portail ouvert en jetant un coup d'œil dans la cour. À part deux véhicules et des camions, il ne voit pas la Mercédès. Ce n'est que quelques rues plus loin qu'il l'aperçoit garée sur un parking de station-service. Il se gare un peu plus loin et attend. Au bout d'une demi-heure, Puroz n'est pas réapparu. Il repart. Il est certain que celui-ci est dans l'entrepôt, la prudence l'a conduit à se garer assez loin pour ne pas attirer l'attention. Il rentre dans le quartier de son hôtel. En conduisant, il pense à Anne, à ce qu'il a dit, à la proposition qu'elle a faite de vouloir rester avec lui et d'abandonner son doctorat. Cette décision implique pour elle un changement de vie radical. En faisant cela, elle s'engage dans une aventure dont elle ne mesure pas la portée. Veut-elle vraiment partir avec lui ? Dans quel but si elle ne l'aime pas ? Sera-t-il capable de supporter son omniprésence ? Si Anne vient avec lui, il ne pourra garder le secret de sa véritable activité très longtemps, se révéler par amour serait complètement irrationnel et dangereux. Une autre question se pose : de quelles manières passera-t-elle le temps ? Il n'imagine pas qu'elle puisse être oisive durablement. Cette histoire ne tient pas debout, il faudra qu'ils en parlent rapidement. Quand il arrive près de l'hôtel, il a la conviction qu'Anne n'a pas pensé à tous ces détails. Il imagine aussi que s'il doit abandonner son amour pour Anne il n'en mourra pas, dans son métier, la mort a bien d'autres occasions de s'intéresser à lui. Tourmenté, il s'allonge et s'endort. Il s'éveille reposé à l'heure du dîner. À la tombée de la nuit, il part en planque vers l'entrepôt. Après avoir fait le tour de la zone à observer, il trouve une sorte d'impasse envahie par les herbes et gare la voiture en marche arrière. Depuis cet emplacement, il peut observer de loin l'entrée de la grande grille et suivre sur plusieurs centaines de mètres le parcours d'un véhicule qui en sortirait. Sa plus grande crainte serait de s'endormir, il met la radio en sourdine histoire de se distraire et commence son attente.

Vers une heure du matin, la jeep Wrangler arrive poussiéreuse, comme la nuit passée. Il a le temps de relever le numéro d'immatriculation. Comme la veille, les grilles s'ouvrent, la Jeep disparaît dans la cour et les grilles se referment. Deux heures plus tard, la Jeep réapparaît, elle passe devant lui et un détail attire son attention, la poussière a pratiquement disparu sur la roue de secours, comme si celle-ci avait été démontée ou remplacée. Il allait suivre à bonne distance la Jeep, quand surgit d'entre les grilles la Mercedes. Alex a maintenant deux filatures en vue.

Les deux voitures prennent la direction du nord en empruntant des boulevards déserts à cette heure avancée de la nuit. La distance de quelques centaines de mètres entre les voitures lui permet de ne pas les perdre de vue. Arrivée à la périphérie nord de la ville, la Jeep prend à gauche alors que la Mercedes tourne à droite vers le centre. Laquelle suivre ? Il a quelques secondes pour prendre sa décision. La Mercedes de Puroz lui paraît plus porteuse de révélations. Ils prennent la direction du centre ouest vers le quartier résidentiel de *Las* Condes. La faible densité de circulation oblige Alex à prendre des distances conséquentes pour ne pas être repéré. À un feu la Mercedes tourne à droite, sur l'avenue *Alonso de Cordova*, mais le feu passe au rouge à l'arrivée d'Alex. Il attend, et malgré le feu rouge il s'engage avec précaution. Deux véhicules se sont interposés entre la Mercedes et lui, il peut ainsi s'approcher davantage sans risque. La Mercedes tourne encore à droite dans *Edipo Rey*, une petite rue bordée de luxueux pavillons. Elle se gare dans une impasse attenante à une belle villa entourée d'un jardin exotique. Alex poursuit sa course et gare sa voiture dans l'avenue. Lorsqu'il revient à pied, une deuxième voiture est garée derrière la Mercedes. Un doute l'assaille, il craint d'avoir été suivi, c'est vrai que préoccupé par la filature il n'a pas prêté attention à un véhicule qui aurait pu le repérer. Il s'arrête, la rue est déserte et bien éclairée, trop pense-t-il. Il relève le numéro de la deuxième voiture, une BMW blanche d'un modèle récent. Il s'approche avec prudence de la maison, suffisamment pour apercevoir un rai de lumière qui filtre sous le volet fermé d'une des fenêtres du premier étage.

Le jour va se lever dans deux heures, il choisit un coin d'ombre et attend. Quelques dizaines de minutes plus tard, deux hommes sortent de la maison et reprennent la BMW. Alex sort de sa cachette, court vers sa voiture et par chance voit la BM s'engager dans l'avenue Alonso de Cordova. La circulation devient plus dense, il n'a pas de peine à suivre la voiture blanche. Ils se dirigent maintenant dans la direction du nord-ouest, vers les contreforts de la cordillère des Andes. Ils traversent les banlieues ouest de la ville, puis les villes de la grande banlieue comme Vitacura. Il lui est de plus en plus difficile de suivre la BM, les gens partent au travail, le flux des voitures ralentit l'allure. Ils passent par le village d'El Arrayan, puis la route se rétrécit soudain pour devenir un chemin qui serpente au creux d'une vallée, puis remonte à flanc de montagne. Alex augmente considérablement la distance entre la BM et lui, bientôt le chemin devient une piste caillouteuse et poussiéreuse il doit s'arrêter pour éviter que le panache de poussière soulevé par sa voiture le trahisse. Tous deux se dirigent vers la frontière géographique avec l'Argentine, il est improbable de trouver un poste-frontière dans ces zones montagneuses, la Cordillère assure une barrière naturelle entre les deux pays. Plus de la moitié de l'année, la neige empêche toute communication, seule la période estivale permet à des personnes aguerries d'emprunter des sentiers d'altitude par des cols minuscules à plus de cinq mille mètres pour passer en Argentine.

Que vient faire la BM dans cette région ? Quelques kilomètres plus loin, il ne voit plus le panache de poussière, poursuivant un peu son chemin, il trouve une sorte de plate-forme dégagée dissimulée dans un virage. Il gare sa voiture et après avoir observé les alentours entreprend de terminer son ascension à pieds en empruntant un minuscule sentier dans la direction du dernier panache de poussière aperçu. Bientôt le sentier prend une orientation opposée, Alex poursuit sa route à travers bosquets et buissons sur un sol pierreux et escarpé. Après une heure de marche, en sueur, il arrive à un promontoire qui domine une minuscule vallée encaissée. De loin il aperçoit une construction, la tache blanche d'un véhicule et une autre tache plus sombre dont il ne distingue pas l'origine. Peut-être un véhicule. Il n'a pas de jumelles, alors il s'approche en descendant la pente raide dont chaque pas déclenche un petit éboulis de cailloux. Il n'est pas vraiment à découvert, des épineux masquent sa progression, seul le bruit des cailloux dévalant la pente sur quelques mètres l'inquiète. Plus il descend plus il distingue le bâtiment et les alentours, ainsi, quelques dizaines de mètres plus bas il stoppe sa descente, s'accroupit derrière un arbuste et aperçoit deux bâtiments en pierre juxtaposés, ils ressemblent à un refuge de montagne assez classique dans ces régions. Près de ceux-ci, il voit la BMW, et plus loin, dissimulée derrière le bâtiment l'arrière d'un véhicule qu'il reconnaît. C'était la Jeep Wrangler. Détail important, elle n'a plus sa roue de secours. Il ne voit pas de mouvements ni autour des véhicules ni autour des bâtiments.

Il prend son temps pour comprendre et assembler les pièces du puzzle. Le trafic se situe entre ici et Valparaiso. Un véhicule, la Jeep dont la roue de secours semble être remplacée à chaque voyage doit être un élément essentiel au trafic. La Jeep fait des rotations chaque nuit entre la proche frontière de l'Argentine et un entrepôt de Santiago. Les personnages qui semblent impliqués sont un politicien corrompu, un industriel véreux, un jeune complice garde du corps, un bar suspect dans le port de Valparaiso, et Juan disparu, brûlé dans son logement. Pendant qu'il réfléchit, il voit la Jeep repartir la roue de secours à nouveau fixée .

* **

Dans le plus grand des bâtiments, Carlos Mirondoz et Pablo Jabirez viennent d'arriver avec la BMW, ils apportent dans une sacoche en cuir une avance en dollars aux deux fournisseurs argentins. Ils comptent les coupures de cent dollars répartis en quatre liasses. La vérification des liasses achevée, les Argentins prennent chacun deux liasses qui disparaissent dans les poches latérales de leur pantalon de chantier. Après avoir bu une bière à la réussite du business, ils partent vers la vallée sur leurs mobylettes empruntant un chemin derrière les bâtiments. Après leur départ, Carlos et Pablo rendent visite à Manuel Nirtoza qui dans le bâtiment adjacent confectionne des sachets qu'il remplit de cocaïne et les placent habilement dans une chambre à air.

La chambre à air est modifiée, partagée en deux compartiments isolés par vulcanisation. L'un des compartiments contient les sachets, l'autre, avec la valve est légèrement gonflé pour donner une illusion d'authenticité à la roue de secours qui sera ensuite replacée à l'arrière de la Jeep pour le prochain voyage la nuit suivante. Manuel a l'admiration des deux autres, c'est un as du bricolage, c'est lui qui a eu l'idée de la chambre à air modifiée. Il fabrique la chambre dans le garage où il travaille. Tôt le matin il prend la Jeep devant chez lui, vient au refuge faire ses paquets et retourne ensuite au travail incognito en laissant la Jeep sur un parking près du garage. Les convoyeurs prennent livraison de celle-ci en début de soirée et partent à Santiago.

Alex sent la fatigue l'envahir, il n'a pas dormi de la nuit et son ascension l'a épuisé. Cependant il ne veut pas partir avant de savoir ce que vont faire les conducteurs de la BM. Il s'allonge sur le côté, son coude appuyé sur le sol, la tête reposant sur sa main. Dans cette position il ne perd pas de vue la voiture et diminue le risque de s'endormir. Une demi-heure plus tard la BM repart. Alex fait le chemin inverse sans se presser. Lorsqu'il parvient à sa voiture la BMW était garée à côté et l'un des occupants attend appuyé contre la portière les bras croisés. Alex affiche une attitude décontractée et au moment d'ouvrir sa voiture salue le type de la BM. Celui-ci s'avance.

— D'où venez-vous ? Que faites-vous dans ce coin perdu ? Demande-t-il d'un ton autoritaire. Alex, sur un ton naturel, mais surpris répondit :

— Vous êtes bien curieux Monsieur, vous êtes policier ?

—Puisque vous voulez savoir, et si ça peut faire avancer votre enquête, je viens de faire un petit tour pour me dégourdir les jambes et satisfaire un besoin naturel pressant assez loin derrière ces rochers. Voilà, une autre question ? Au revoir, Monsieur.

Il entre dans la voiture et démarre avant que l'autre aille vérifier. Quelques instants plus tard, la voiture blanche le suit . Il en conclut que son histoire n'a pas complètement convaincu les occupants de la BM.

Dans la banlieue de Santiago, il s'arrête dans un bar pour prendre un petit-déjeuner et tente de semer ses poursuivants. Peine perdue, en repartant, la voiture blanche le suit toujours. Le seul moyen de s'en débarrasser est de rendre la voiture de location, mais avant, il doit les semer pour ne pas qu'ils repèrent le garage. Il décide de les balader dans la ville et profitant d'un feu rouge, il réussit à les perdre en prenant des petites rues immédiatement à droite le ramenant au même feu après avoir pris un sens interdit. Aussitôt, rebroussant chemin il se rend au garage et prend une autre voiture. Fatigué et inquiet il regagne son hôtel. En passant, il demande à la réception s'il a un message. Rien. Dans quelques minutes, Puroz saura qu'il est à Santiago, les types de la BM auront fait leur rapport. Il s'endort en pensant à Anne.

* **

Depuis qu'elle est rentrée dans son appartement, Anne a perdu l'assurance qu'elle avait affichée dans la nuit avec Alex. Elle n'est plus tout à fait sûre de sa décision. La certitude qui lui reste est celle d'abandonner son doctorat. Elle rassemble machinalement ses vêtements qu'elle empile dans un sac à dos et un grand sac de voyage. Ensuite elle attend que ses logeurs rentrent du travail et leur annonce son désir de rentrer en France le lendemain. Cette nouvelle ne les étonne pas, depuis la mort de Juan ils pensent qu'Anne ne restera pas longtemps au Chili. Ils lui souhaitent un bon retour, lui disent qu'ils ont apprécié sa gentillesse et qu'ils comprennent sa décision. Anne leur dit qu'elle prendra un taxi dans la soirée pour prendre le vol du soir pour Madrid de là elle trouvera un vol pour Bordeaux. Malgré leurs modestes moyens, ils proposent de l'aider financièrement. Elle refuse poliment. Ils appellent un taxi pour 21 heures. Un peu avant l'heure dite, Anne avance sur le trottoir dans une zone d'ombre et attend. Quelques minutes plus tard, une voiture stoppe devant elle. Ce n'est pas un taxi.

De la BMW blanche sortent deux hommes qui prennent Anne par le bras sans ménagement et la propulsent sur la banquette arrière avec ses bagages. L'un des hommes s'assoit à côté d'elle, l'autre prend le volant.

— Ne vous inquiétez pas, dit l'homme à ses côtés. Nous sommes là pour vous protéger.

— Me protéger de qui et de quoi ? Je ne suis pas menacée. Qui êtes-vous ?

— Nous sommes des services de renseignements, nous vous emmenons dans un endroit sûr. Vous y resterez quelque temps, puis vous serez à nouveau libre.

Anne surprise et paniquée n'ose plus poser de questions sentant bien l'inutilité d'un questionnement n'apportant que des réponses mensongères. Le trajet dure un quart d'heure, la voiture s'arrête dans un quartier huppé devant une maison cossue entourée d'un jardin avec des palmiers nains et des plantes exotiques. Elle est conduite dans une petite chambre où l'on dépose ses effets personnels. Si la situation n'avait pas été inquiétante, l'endroit aurait été confortable. La porte se referme et l'homme lui dit que quelqu'un va venir pour lui expliquer la situation. En partant, il prend soin de fermer la porte à clé.

Assise sur le lit elle essaie de comprendre. Elle imagine deux hypothèses. Soit son arrestation est liée à ses enquêtes, soit il y a un rapport avec Luis.

Son attente est brève, l'homme qui entre ne lui est pas inconnu. Il s'agit de celui qui a assisté à son interrogatoire dans les locaux de la *Guarda civil*. Son nom ne lui revint pas tout de suite, pourtant Luis le lui a dit.

— Bonsoir, Mademoiselle, vous me reconnaissez ? Je veille à ce que vous soyez bien installée, voulez-vous boire ou manger quelque chose ?

— Non merci, je veux seulement connaître la ou les raisons de mon enlèvement.

— Oh !!! Le mot est un peu fort, vous êtes mon invitée pendant quelque temps. Je vais vous en donner la raison. Il saisit un fauteuil, le place en face du sien et invite Anne à y prendre place.

— Vous vous souvenez certainement que lors de notre rencontre nous vous avions demandé de nous renseigner sur la présence d'un certain Monsieur Luis Sunto à Santiago. Depuis vous ne nous avez pas contactés. Or il se trouve que ce Monsieur a été repéré dans les environs de la ville. Il semble chercher quelque chose. Nous pensons qu'il s'agit d'un espion, soit au service des Américains, soit des Français. Sa présence nous inquiète, il se trouve que vous êtes la seule personne après Monsieur Juan Elios à l'avoir rencontré. Monsieur Elios étant décédé, il ne nous reste que vous. Dans notre grande mansuétude, nous vous avions laissé une chance de nous montrer votre aimable coopération. Malheureusement pour vous, il n'y a pas eu de suite favorable à notre demande. Nous sommes aujourd'hui quasiment certains que vous avez, depuis, rencontré ce Monsieur, vos absences répétées nous le laissent penser.

Le cynisme de cet homme terrifie Anne. Elle est prise au piège d'événements qui lui échappent.

— Voilà ce qui justifie votre présence ici. Nous voulons savoir si vous avez revu cet homme, et surtout que vous nous indiquiez le but de ses recherches. Si vous n'avez pas toutes les informations que nous cherchons, vous serez très aimable de nous rapporter tout ce que vous savez sur lui et la nature de vos rapports. Si vous coopérez efficacement, votre séjour ici sera de courte durée. Dans le cas contraire, nous serions dans l'obligation de modifier la nature de nos relations. Il est tard, je vous souhaite une bonne nuit. Si vous avez besoin de quoi que ce soit, vous n'avez qu'à frapper à la porte, quelqu'un viendra.

Puroz salue et part.

Anne s'allonge sur le lit en proie à une panique insoutenable. Il faut s'enfuir, il est encore temps, se dit-elle. La fenêtre semble être la seule voie possible, elle ouvre le battant vitré, mais son enthousiasme retombe vite à la vue d'une barre cadenassée empêchant l'ouverture des volets. De plus la pièce se situe au premier étage : difficile de sauter ! Elle s'allonge sur le lit. Un vide sidéral envahit son esprit.

Quand elle se réveille en sueur, elle croit avoir rêvé. Il n'y a plus de lumière dans la pièce et le rêve est cruellement une réalité. Une lueur venant de la rue filtre à travers les volets, à tâtons elle trouve l'interrupteur d'une lampe de chevet. Assise sur le lit elle entreprend l'exploration des lieux. Ses bagages sont rangés dans un placard, une porte donne accès à une de salle de bains. Des serviettes et divers savons sont à sa disposition. Elle prend une douche pour se rafraîchir et réfléchir à la journée qu'elle imagine longue et pénible.

Ensuite, elle prend place dans un fauteuil et envisage la situation sous deux angles. Soit elle dit tout ce qu'elle sait et elle est libre. Retrouvera-t-elle Luis, certainement pas. Soit elle ne parle pas et des mesures coercitives ne tarderont pas à la faire souffrir. Est-elle prête à subir une torture physique ou mentale ? Elle écarte pour l'instant la deuxième solution.

Que sait-elle de Luis que ses geôliers ne connaissent pas ? Qu'il essaye de découvrir la cause de la mort de Juan ?

Une autre chose, il est amoureux d'elle. Elle peut avouer qu'elle l'a revu sans savoir dans quel hôtel il réside, leurs rendez-vous avaient lieu sur des places ou près des bouches de métro. Elle expliquera ses absences par les déplacements liés aux enquêtes, qu'elle mène. En révélant cela, elle ne trahit pas Luis et ne le met pas en danger. Ses geôliers peuvent exiger qu'elle les conduise à lui, mais elle affirmera ne pas connaître son hôtel. À la question : comment entrait-il en contact avec vous ? Par téléphone. Si on lui pose la question : où alliez-vous hier soir, elle répondra à l'aéroport. Cette information est vérifiable auprès de ses logeurs. Cette version la satisfait. Il faudra qu'elle reste vigilante pour ne pas se contredire. Il reste quelques heures avant le lever du jour, elle essaye à nouveau de dormir.

On frappe à sa porte, elle se réveille en sursaut, et répond. La porte s'ouvre, une femme d'âge mûr entre et pose un plateau de petit-déjeuner sur une table près de la fenêtre.

— Bonjour, Mademoiselle, bon appétit. Dans une heure, vous aurez une visite.

La femme repart sans d'autres explications. Pendant qu'elle se restaure, Anne se remémore le scénario élaboré dans la nuit. Toujours très inquiète, mais reposée, elle pense pouvoir résister aux questions sans faillir. L'objectif est de donner confiance à ses interlocuteurs.

Un point obscur lui fait peur : L'argument annoncé dans la voiture par ses ravisseurs qui prétendent la mettre en sécurité. Quelque chose n'est pas cohérent. Comment des services secrets peuvent-ils en toute impunité séquestrer une personne étrangère dans une maison privée ? Elle n'a pas d'expérience dans ce domaine, mais le bon sens lui suggère qu'il ne s'agit pas de services de renseignements, mais plutôt d'une organisation mafieuse.

Une heure plus tard, Agusto Puroz entre avec l'un des types de la BM.

— Êtes-vous reposée après les émotions d'hier soir ? J'espère que le confort de cette chambre vous convient. Afin d'écourter votre séjour, nous revenons rapidement vous poser des questions qui nous préoccupent. Tout d'abord, êtes-vous disposée à coopérer ?

— Bien sûr Monsieur, je veux bien coopérer, mais je crains que vous soyez déçu, car je connais peu de choses sur la vie de Monsieur Sunto.

— Eh bien! Nous allons éclaircir cela tout de suite. Pourquoi êtes-vous venue à Santiago ? Vous pouviez rester chez Juan Elios à Valparaiso.

— Je suis venu ici, car j'ai subi une agression et des menaces de mort à Valparaiso.

— Avez-vous revu Luis Sunto depuis la mort de Juan Elios ? Voyant qu'ils savent beaucoup de choses, elle choisit de dire la vérité, jusqu'à un certain point.

— Oui.

— Où êtes-vous allée avec Luis Sunto ces derniers jours ?

— Nous sommes allés à Colina, puis à Peldehue.

— Pas d'autre voyage avec lui ?

— Non.

— Vous mentez !!! Vous vous êtes absentée toute une nuit. Où étiez-vous ?

— Monsieur !!! Ai-je le droit d'avoir une vie privée ? La dictature, c'est terminé.

— Bien entendu Mademoiselle, mais lorsque votre vie privée peut porter atteinte à la sécurité de l'état, l'état fait valoir ses droits pour l'obtention de renseignements.

— Écoutez Monsieur, avec tout le respect que je vous dois ainsi qu'à votre gouvernement, vous n'imaginez tout de même pas qu'une jeune étudiante française poursuivant un doctorat sur les conséquences d'exactions d'un ancien dictateur puisse du haut de ses trente ans porter la moindre atteinte à un pays qu'elle connaît à peine ? C'est ridicule. Donc je ne répondrais pas à cette question.

— À votre aise. Où alliez-vous hier soir avec tous vos bagages ?

— J'attendais un taxi pour me rendre à l'aéroport, j'avais décidé de rentrer en France.

— Avez-vous votre billet ? Pouvons-nous le voir ?

— Je n'ai pas de billet, j'avais décidé de partir au dernier moment. Je l'aurai acheté au comptoir d'une compagnie, avec le risque de rester une journée sur un siège d'aéroport attendant qu'il y ait une place.

— Vous étiez donc pressée de partir ? Qu'est-ce qui motive un tel empressement ?

— Bien des choses, la première : je n'ai bientôt plus assez d'argent. Je me suis rendu compte jour après jour que ce que je découvrais sur le passé récent de votre pays me bouleverse jusqu'à m'empêcher de dormir. En fait je n'étais pas suffisamment préparée à entendre toutes les cruautés que le peuple chilien a endurées. Alors j'ai décidé de partir. Peut-être me jugerez-vous trop sensible, mais c'est ainsi.

— Monsieur Sunto est-il au courant de votre départ ?

— Oui et non, je lui ai fait part de l'abandon de mes recherches en revenant de Colina. Mon départ pour la France était sous-entendu.

— Comment a-t-il réagi ? Il semble attaché à vous, non?

— Il a encaissé le coup, mais je ne lui ai jamais dit que je l'aimais.

— Et vous l'aimez ?

— Non, j'ai juste de l'amitié pour lui, c'était une rencontre agréable.

— Vous en parlez au passé ?

— Oui, puisque je dois partir dès que vous aurez fini de me harceler avec vos questions.

— Vous avez tort de le prendre de haut, Mademoiselle.

— Pardon, je me suis emportée.

— Si je résume ce que vous avez dit, vous ne savez pas où loge Luis Sunto. Or vous vous êtes vus régulièrement. Voyez-vous, Mademoiselle, je ne vous lâcherais pas avant que nous puissions situer ce Monsieur grâce à vos informations. Pour être tout à fait honnête avec vous, je vois que vous ne voulez pas nous le dire. C'est dommage. J'avais en contrepartie une proposition à vous faire. Réfléchissez. Anne commence à être épuisée, cependant elle a l'impression d'avoir bien mené son affaire. Par moments elle a cru déstabiliser Puroz, ils jouent au plus malin et dans ce jeu elle n'a pas les meilleures cartes. Que pouvait-il proposer en contrepartie ? Elle s'est fixé une limite pour essayer de satisfaire Puroz. Ce qu'elle pouvait révéler ne renseignait pas précisément sur l'adresse de Luis, mais montrerait sa bonne foi. Elle tente le coup.

— Écoutez Monsieur, la seule chose que je peux ajouter peut éventuellement vous servir à retrouver ce Monsieur. Mais je vous en prie, cessez de me torturer, je ne sais vraiment rien de plus, alors dites-moi ce que vous proposez en échange.

— Eh bien voilà ! Vous retrouvez la mémoire ! Je vous propose de vous conduire à l'aéroport, de prendre votre billet d'avion et d'attendre que vous soyez à bord. De cette façon je serai sûr de votre départ. C'est une belle proposition non ? Une condition, il faut que nous trouvions Sunto avec vos informations. Ensuite, vous partirez dans l'heure. Êtes-vous d'accord ? Anne reste un moment abasourdie par la proposition. Elle va donner Luis à cette bande de mafieux. Elle y gagne la liberté, mais perd Luis à tout jamais. C'est un coup de poker, elle risque de gagner. Elle imagine que Luis n'est pas sans ressources, elle suspecte toujours en lui un personnage caché. Elle va parier sur cet autre personnage en espérant qu'il s'en tire.

— D'accord dit-elle. Lorsque nous nous sommes revus pour la première fois, j'étais avec Juan et nous lui avons donné rendez-vous à une sortie de métro. La station Cristobal Colon. Il nous a dit que c'était parfait, car son hôtel n'était pas loin. Voilà c'est tout ce que je sais.

— Très bien, nous allons vérifier.

Puroz et son acolyte se lèvent en saluant Anne et sortent de la pièce.

Anne se retrouve seule avec son désespoir. Elle reste ainsi toute la journée rongée par la honte d'avoir trahi.

Chapitre VII

Alex pressent que quelque chose ne va pas. Son instinct le trompe rarement. Anne n'est pas repassée à son hôtel, il a téléphoné chez ses logeurs, mais personne n'a répondu. Dans la journée il a pris soin de ne pas utiliser sa voiture. Il a communiqué un rapport détaillé sur ses observations aux services français. Il ne lui manque plus que la nature du trafic et sa destination. Il a carte blanche pour démasquer les trafiquants, Paris est persuadé qu'il s'agit de la nouvelle route de la cocaïne.

Lorsqu'il revient à l'hôtel, le concierge l'informe qu'un homme est passé et l'a demandé. Il a aussi demandé s'il loge toujours ici. Le concierge a renseigné le visiteur sans poser de questions. Il est repéré, il s'en doutait, mais que son adresse soit connue, cela l'étonne.

Il monte dans sa chambre. Certes, il a été vu par les types de la BM, mais il les a semés avant de changer de voiture. Il n'a pas été suivi, il l'aurait vu, il a l'habitude de surveiller son environnement, cependant les hommes de Puroz ont visé juste et n'ont pas mis longtemps. C'est inquiétant, car Anne n'est pas réapparue. Elle devait quitter son logement dans la nuit et se réfugier à l'hôtel.

Il se rassure en regardant objectivement la situation. Qu'est-il pour les hommes de Puroz ? Un représentant de commerce français qui cherche à ouvrir un nouveau marché. Il a été vu dans un endroit isolé en montagne, mais il n'y a rien de compromettant dans le fait de visiter la campagne aux alentours de Santiago.

Il a rencontré Juan qui n'était vraisemblablement pas très net, mais il est censé l'ignorer. Il connaît Anne qui a été entendue par la police au sujet de la mort de son compagnon, le seul point qui peut l'inquiéter est la volonté de Puroz de le localiser.

Il sait que Puroz navigue dans un milieu corrompu, mais Puroz ignore qu'il le sait. Si les hommes de Puroz viennent le voir, il parlera avec eux les suivra volontiers pour rencontrer leur patron. C'est une excellente occasion de peut-être mettre au jour certaines zones d'ombre. Il n'a pas peur n'ayant pas encore approché cette organisation maffieuse.

La soirée est bien entamée, il part dîner dans un restaurant proche de l'hôtel. Il dîne en terrasse. Depuis sa place il a une vue partielle sur l'entrée de son hôtel. Vers la fin du repas, il voit un homme y entrer puis ressortir en regardant de part et d'autre de la rue. Il reconnaît un des types de la BMW. Celui-ci au bout de quelques minutes tourne à gauche dans la rue. En se penchant légèrement, Alex aperçoit la voiture. L'autre type attend au volant. La BM est garée une quarantaine de mètres devant la sienne. Il termine son repas rapidement et sans se montrer se dirige vers son véhicule. Très discrètement il s'installe au volant et attend.

De suivi, il devient suiveur, la situation tourne à son avantage. Deux heures plus tard, personne n'a bougé quand un des hommes retourne à l'hôtel et en revient aussitôt. La BM se met en route suivie de loin par Alex. Il y a peu de circulation. Il prend ses distances sans les perdre de vue. Au fil des rues, Alex reconnaît le paysage, ils se dirigent vers l'entrepôt de Federico Lomiz. Habitué du quartier, Alex gare la voiture suffisamment loin et retrouve sa planque nocturne. Une heure plus tard, un camion bâché suivi de la BM sortent de l'entrepôt. Alex a juste le temps de rejoindre sa voiture et suit le convoi. Ils prennent la route de Valparaiso. Alex suit à bonne distance, parfois, la bâche agitée par le courant d'air se soulève légèrement sur un coin mal attaché, ainsi à force d'observation il finit par apercevoir les sacs de toile plastiques blancs qu'il avait vus dans l'entrepôt. Cette nuit, il s'agit donc d'une livraison. Il en est maintenant convaincu, le lithium cache autre chose.

Vers trois heures du matin, le convoi arrive au port. Le camion et la BM entrent dans la zone portuaire, ils prennent la direction des portiques à conteneurs. Alex gare sa voiture hors de vue des vigiles de service et remonte à pied vers l'entrée restée ouverte. Il pénètre dans la zone portuaire en zigzaguant entre les parties éclairées et les endroits plus sombres. Lorsqu'il arrive près du camion, la BM repart. Le chauffeur du camion reste au volant. Au bout de quelques dizaines de minutes, celui-ci met ses bras sur le volant et y pose sa tête. Alex attend encore un moment pour qu'il soit vraiment endormi. Alors tel un félin il se dirige en silence à l'arrière du camion à l'endroit où la bâche est détachée. Il monte sans peine sur le plateau, sort son canif et plante la lame en haut du sac. Il récolte une poignée de cristaux de carbonate de lithium. Il recommence l'opération au milieu du sac et obtient le même résultat. Déçu, il plante la lame près du fond et là, une fine poudre blanche s'échappe de la fente. Il mouille un doigt, le pose sur la poudre, et le porte à sa bouche. Il n'y a plus aucun doute, la saveur amère de la poudre trahit sa nature : de la cocaïne. Prestement il redescend du camion et repart vers la sortie de la zone portuaire et trouve les grilles refermées. Il doit attendre l'heure d'embauche des dockers pour sortir sans être vu.

En début de matinée il arrive à son hôtel. Le concierge lui indique la venue du même homme la veille au soir et lui donne un papier que l'homme à la BM lui destinait. Il déplie le papier une fois dans sa chambre.

Assis dans un fauteuil, il lit : *Si vous voulez revoir Anne vivante, présentez-vous au N° 5 Edipo Rey au plus vite.*

Anne est leur otage et ils le veulent lui en échange. À la réflexion, l'échange est disproportionné. Anne n'a que peu de valeur, elle le connaît, est-ce suffisant pour l'assassiner ? Cette menace d'exécution est du bluff. Un bluff maladroit qui relève de l'amateurisme. Personne ne l'a vu, ni dans la montagne, ni la nuit près de l'entrepôt, pas plus qu'au port. Il reprend le papier et relit l'adresse. Il connaît l'endroit, il y est déjà venu, c'est la maison de Puroz dans le quartier chic de Las Condes.

Il prend un peu de repos, puis envoie un message à Paris indiquant la nature du trafic, le nom et l'adresse des personnes impliquées et son intention de se rendre au rendez-vous demandé. Il indique qu'une ressortissante française est l'otage des mafieux qui comptent l'échanger avec lui. Il a la confirmation qu'il doit prendre ce risque pour faire libérer l'otage. Une fois l'opération terminée, ils seront exfiltrés, lui et l'otage.

Il compte sur son professionnalisme et sur les interminables heures d'entraînement physique et psychologique qu'il a enduré au cours des préparations au centre de recrutement dans la région parisienne. Il a peu de doutes sur la réussite de cette opération, il ne se jette pas dans la gueule du loup, seulement dans sa tanière. Il a jugé Puroz et sa bande suffisamment sûrs d'eux pour être en mesure de leur jouer un tour inattendu.

Après le déjeuner il se rend à la résidence de Puroz. Il arrête sa voiture dans une rue perpendiculaire et se met en planque assez loin de la maison. Son objectif est d'attendre que Puroz soit sorti pour intervenir, il n'est pas pressé, eux le sont, leur cargaison doit partir et ils sont tendus se sachant peut-être sur le point d'être démasqués.

La BMW n'est pas là, seule la Mercedes attend au bord de la rue.

C'est le signe d'un stationnement provisoire, Puroz s'il devait rester longtemps chez lui aurait garé sa voiture à côté du jardin comme d'habitude.

L'attente dure un peu plus d'une heure, et enfin, Agusto Puroz sort. Il est seul.

Alex attend quelques minutes et frappe à la porte. Il entend des pas résonner sur du carrelage. Derrière la porte une voix d'homme demande :

— Qui est là ?

— Je souhaite voir Monsieur Puroz, je viens de la part de Monsieur Lomiz. Il y a un silence puis :

— Qui êtes-vous ?

— Mon nom ne vous dira rien, je suis un des vigiles de l'entrepôt.

— Que voulez-vous dire à Monsieur Puroz ? Alex joua son va-tout, soit la porte s'ouvre, soit il a perdu la partie.

— C'est pour la demoiselle, il y a une urgence, il faut la transférer ailleurs.

— Monsieur Puroz n'est pas là, je ne reçois d'ordre que de lui.

— Je comprends, mais la situation est grave m'a-t-on dit, alors avec ou sans Monsieur Puroz, il faut faire ce qui est prévu. Puis il ajoute :

— D'ailleurs, puisque Monsieur n'est pas là, j'aimerais que vous veniez avec moi pour garder la fille dans la voiture. La porte s'ouvre sur un homme trapu, mal rasé, les cheveux en brosse coupés court, vêtu d'une veste de jogging vert fluo et d'un jean. Il fait entrer Alex sans refermer la porte et lui demande de lever les bras. Il commence une palpation, mais n'a pas le temps de la terminer. Alex lui assène une prise de Krav-maga sur le côté du crâne qui le propulse contre le mur. À moitié sonné, il tombe sur les genoux la tête en avant. Alex se précipite sur lui, le frappe de nouveau à la nuque avec la même énergie et s'empare d'un revolver qu'il trouve dans sa ceinture. Le type gît au sol sans connaissance. Plaqué contre le mur, Alex attend. Une voix de femme au premier étage demande :

— Julio !!! Qui c'était ? En l'absence de réponse, Alex entend quelqu'un descendre les marches. Lorsque la femme arrive au bas de l'escalier, le canon d'un revolver se glisse sous son chignon sur la nuque. Elle se fige.

— Pas un mot, pas un geste, conduisez-moi à la jeune femme.

Les mains en l'air, la femme de Puroz remonte les escaliers suivis par Alex dont elle n'a pas encore vu le visage. Arrivée à l'étage, elle se dirige vers une pièce fermée à clé. Alex ne demande pas à ouvrir, il prend un peu de recul et donne un violent coup de pied dans la porte au niveau de la serrure. Un bruit de bois éclaté fait sursauter Anne qui recule jusqu'à la fenêtre.

Tout va très vite, Alex donne un coup du plat de la main sur la nuque de la femme qui tombe en avant sur le lit, il prend le bras d'Anne et tous deux, sans dire un mot dévalent les escaliers. Arrivé dans le couloir, devant la porte entrouverte, le corps toujours inanimé de Julio barre le passage. Ils enjambent le corps, se précipitent dans la rue après avoir claqué la porte. Ce n'est qu'à ce moment-là qu'Anne prononce quelques mots.

— Luis, tu es devenu fou !!! Ils vont nous tuer.

Ils courent sans se retourner vers la voiture. Une fois à l'intérieur, Alex démarre, prend le boulevard et fonce en direction du nord.

* **

Agusto Puroz vient d'arriver à l'entrepôt. Il entre dans le bureau de Frédérico, celui-ci a une mine des mauvais jours. Il vient de reposer le téléphone.

—Agusto, ta femme vient d'appeler. Nous avons un gros problème, quelqu'un est venu chez toi cet après-midi, a mis Julio KO, a menacé ta femme avec une arme et a kidnappé Anne.

Agusto Puroz reste sans voix.

— Où sont Carlos Mirondoz et Pablo Jabirez avec la BM ?

— Ils sont au port, il faut bien remplacer Elios – répondit Frédérico.

— C'est la tuile, mais l'essentiel n'est pas cette fille. L'essentiel c'est que la marchandise parte cette nuit. J'ai eu les Mexicains cet après-midi au téléphone, ils seront au port d'Ensenada dans deux jours. Le transfert vers les US est organisé. Dans une semaine au plus tard, on touche le reste du pactole.

— Tu crois que ce pourrait être un coup de Sunto ?

— C'est possible, si c'est un agent de la CIA ou des services français, comme nous le pensons, la réponse est oui. Dans ce cas il faut redoubler de méfiance, un type capable d'un coup aussi gonflé est très dangereux.

— Je vais prévenir les équipes de la montagne. Il faut effacer les traces dans la cabane jusqu'au prochain contrat. Les deux hommes sont fébriles, le bateau devait appareiller dans la nuit, le chargement était en cours.

— On fait quoi ? Au sujet de Sunto ?

— Si c'est lui qui a enlevé la fille, c'est trop tard. Sinon il faut mettre quelqu'un en planque à son hôtel et on le prend dès qu'il arrive. On aurait dû commencer par ça.

* **

Alex a pris la route 57 vers le nord en longeant la cordillère des Andes. Il n'a rien dit depuis le départ de Santiago, un silence pesant règne dans la voiture. Anne est sous le choc de son sauvetage, ou de son enlèvement. Des pensées confuses et contradictoires parcourent son esprit. L'une d'entre elles revient régulièrement : Luis n'est pas le même homme, elle a été trompée. Dépitée par la soudaineté des événements elle n'ose rien dire, elle ne veut pas provoquer un mouvement d'humeur de la part de Luis qu'elle sent soucieux et irrité. Est-ce une façade ? Une de plus ?

Au bout d'une heure de silence angoissant, Alex regarde Anne en esquissant un sourire.

— Ne t'inquiète pas je vais tout t'expliquer. Il faut attendre encore quelques kilomètres, je dois m'arrêter et téléphoner. Ensuite nous pourrons parler.

Ces paroles au lieu de rassurer Anne créent un mystère supplémentaire. Pourquoi attendre, s'arrêter, téléphoner et seulement après, parler ?

Ils arrivent dans une petite ville, Alex gare la voiture sur la place principale et dit à Anne de ne pas quitter la voiture. Il descend et se dirige vers un café.

La communication avec Paris est laborieuse, mais il peut enfin avoir son correspondant. Il rend compte de sa mission, donne le feu vert pour déclencher dans l'urgence une intervention de la police chilienne et donne sa position. Il raccroche et attend un rappel. Une demi-heure plus tard, il obtient l'endroit et l'heure où il devra se rendre pour être exfiltré avec Anne.

Lorsqu'il revient à la voiture, Anne est proche de la crise de nerfs ; Il s'est absenté plus d'une heure pendant laquelle elle a imaginé les pires situations. Alex a des papiers, elle n'en a pas, cela la panique, ce n'est qu'une préoccupation parmi d'autres.

La nuit commence à tomber, Alex lui annonce qu'ils ont encore deux heures de route avant d'arriver à San Felipe. Là, il rendra la voiture, ils prendront un taxi qui les conduira au petit aéroport. Ils attendront qu'un avion privé vienne les chercher. Ensuite, ils s'envoleront à destination de São Paulo au Brésil.

Anne n'y comprend plus rien. Comment, sans papiers, sans argent, il a organisé tout ça depuis un café ? Plus le temps passe, plus les mystères s'accumulent. Elle a l'impression d'un mauvais rêve, un rêve éveillé.

— Je comprends que tu ailles de surprises en surprises, pour moi, c'est presque de la routine.

— Dès que l'on arrive, je t'explique, je ne le fais pas maintenant en conduisant, car j'ai besoin que nous soyons tranquilles l'un en face de l'autre. J'ai besoin de voir ton regard.

— Et si je suis en désaccord total avec tes explications ? Que feras-tu ?

— Nous n'en sommes pas là. Ne panique pas. Maintenant tu es ici, avec moi, nous sommes libres.

— Ce n'est pas l'impression que cela me donne, j'ai le sentiment d'avoir changé de geôlier, c'est tout. Si je dis que je veux partir, là, maintenant ? Tu me laisses partir ?

— Ce serait irresponsable de ma part, tu es à l'étranger sans aucun papier et sans argent, ce serait de la folie.

— C'est bien ce que je dis, je suis ta prisonnière.

— Anne, s'il te plaît, attend sans te mettre en colère que nous soyons arrivés.

Elle se tait en détournant le regard vers le paysage nocturne qui défile dans la lueur jaune des phares.

* **

Puroz rentre chez lui auprès de sa femme. Il trouve Julio et Sylvia dans le salon, l'un avec un sachet plastique rempli de glace sur le côté du crâne et elle la tête en arrière reposant sur le dossier du canapé.

Devant ce tableau désolant, il a envie de descendre Julio sur-le-champ. Il se ravise pour l'interroger. Il le prend par le bras et l'entraîne sans ménagement dans la cuisine.

Julio sentant que son avenir est compromis, tente de sauver sa peau. Il décrit la scène avant qu'il ouvre la porte jusqu'à ce qu'il perde connaissance.

À travers le récit de Julio et la description de son agresseur, Puroz croit reconnaître Luis Sunto, mais il n'a vu de lui qu'une copie de la photo du passeport, c'est insuffisant pour affirmer que ce soi lui. Laissant Julio et son sachet de glace sur la tête, il va voir sa femme. La description qu'elle fait de son agresseur est encore moins précise, elle ne l'a pas vu de face. Puroz est dans une colère noire, cette bande de demeurés met en péril des millions de dollars sans compter les risques d'arrestation.

— Quand il t'a menacé, a-t-il prononcé le prénom de la fille ?

— Non, il a dit « conduisez-moi à la jeune femme ».

— Qu'elle a été la réaction de la fille ?

— Je ne sais pas Agusto !!! Il m'a frappé et je me suis écroulée sur le lit, je ne me souviens de rien d'autre.

— Vous êtes, toi et l'autre abruti qu'une bande d'incapables. Il continuait à vociférer lorsque la sonnerie du téléphone l'interrompit.

— Monsieur Puroz ? C'est Manuel Nirtoza. Je suis au village, j'allais monter à la cabane quand j'ai vu un hélicoptère survoler le village et des voitures de police s'engager sur la route qui monte vers la montagne. Que se passe-t-il ? Que dois-je faire ?

Le sang quitte le visage de Puroz qui devient pâle comme un linge, de la sueur commence à perler sur ses tempes, ses mains deviennent moites et sa voix d'un ton glacial annonce :

— Détruis tout ce qui peut te compromettre, précipite la jeep dans un ravin sans la roue de secours et essaye d'avoir un comportement normal avec tout le monde. Tu seras peut-être interrogé par la police, gardes ta langue si tu veux survivre. C'est tout. Et il raccroche.

Maintenant il est sûr de deux choses : C'était Sunto qui a repris la fille et Sunto est un agent d'une quelconque officine de renseignement, il a découvert le trafic et alerté la police. Il lui manque évidemment des éléments, mais au point où il en est cela suffit.

Il appelle aussitôt l'entrepôt. Après de multiples essais, personne ne répond. Il flaire le danger, prend une arme, de l'argent et des papiers dans le coffre et sans même un au revoir à sa femme dévale les escaliers, bondit dans la Mercedes et prend la direction du sud du pays vers la Patagonie. Il a devant lui plusieurs jours de voiture pour atteindre les canaux de Magellan, prendre un bateau et au travers de ce dédale de fjords inhabités, passer clandestinement en Argentine.

Alex et Anne sont arrivés à San Félipe. Le garage où ils devaient déposer la voiture de location est fermé. Alex dépose les clés avec un mot d'accompagnement dans la boîte à lettres, puis revient vers Anne qui fait les cent pas sur le parking.

— Nous allons appeler un taxi, acheter chacun un sac de voyage. Ensuite un autre taxi nous conduira à l'aéroport. Si le chauffeur pose des questions, nous sommes des géologues venus faire une étude sismique dans cette zone des Andes. Notre organisation non gouvernementale vient nous chercher en avion pour nous amener dans la région d'Antofagasta afin de poursuivre notre mission.

Anne hallucine, tout a l'air tellement prévu, organisé qu'elle se sent comme un pion inutile sur un échiquier dont elle ne connaît pas les règles du jeu.

Leurs achats effectués, le taxi les a déposés devant l'aérogare déserte. Il n'y a plus de vols pour ce soir. Le chauffeur de taxi les interroge pour savoir s'ils sont sûrs de pouvoir partir. Alex répond qu'un avion privé viendra. Le chauffeur rassuré repart. Assis dans la petite salle d'embarquement où règne un silence de cathédrale, Alex, son regard fixé sur celui d'Anne rompt le silence :

— Avant de tout t'expliquer, je dois te prévenir du choix que tu vas devoir faire. Je pense avoir suffisamment troublé ta vie depuis notre rencontre pour ne pas poursuivre dans cette voie sans ton assentiment.

— Ainsi, le choix que tu dois faire est le suivant : soit tu acceptes de rentrer en France sans connaître la vérité sur mes activités et ma mission. Soit tu veux savoir.

Dans le premier choix, tu auras des papiers en règle et des billets d'avion pour aller où bon te semble en France et ce sera un point final à notre rencontre. Plus jamais tu n'entendras parler de moi. Dans l'autre cas, tu seras tenue au secret. Tu ne pourras jamais révéler ce que tu connais de mes activités et sur ce qui se passera dès demain dans ta vie et la mienne. Tu vivras avec une version officielle de ta vie, l'autre, la vraie restera cachée. Tu cohabiteras avec le mensonge et la dissimulation, que nous soyons ensemble ou pas.

Mentir est une redoutable gangrène pour le cerveau. Au fil des jours et des années, le mensonge se travestit en vérité. Il devient alors naturel de mentir. C'est dangereux, ça peut conduire à un dédoublement de la personnalité.

Anne ne bouge pas, elle a baissé les yeux, fixe le carrelage à carreaux noirs et blancs de la salle, comme hypnotisée. Elle est la pièce d'un jeu échec et mat. Jamais un sentiment d'impuissance ne l'avait atteint avec autant de force. Elle n'a qu'une seule conviction : Luis lui ment depuis le premier jour. Pour quelles raisons ? Elle n'en a cure, il faut que cette histoire s'arrête et qu'elle sache la vérité. Son amitié pour Luis ne deviendra jamais de l'amour, il l'a brisé dans cette fuite soudaine.

Le temps passe, elle garde le silence. Alex aussi s'est tu. Un bruit lointain et sourd de moteur incite Alex à rompre le silence.

— Anne !!! Voilà l'avion, il me faut une réponse. Dans quelques minutes il sera trop tard. Si tu ne te prononces pas rapidement, c'est moi qui choisirai.

Son choix est déjà arrêté. Ce n'est pas un choix, mais une règle professionnelle. En laissant le choix d'une autre possibilité à Anne, il enfreint la déontologie stricte de l'agent secret. Il le sait. Il laisse ce choix à Anne par compassion, conscient qu'il l'a entraînée – au début, malgré lui – dans une aventure qui n'est pas faite pour elle. Il la voit là, sur ce siège d'aéroport coupé des siens, victime d'un amour tragique, sans papiers, sans bagages, avec un homme qu'elle connaît à peine, qui lui ment depuis des semaines et qui maintenant la retient prisonnière d'un destin imposé. Si elle accepte de rester dans l'aventure, il lui mentira encore, l'entraînant dans cet univers de faux-semblants de tromperies, de vie inventée, parfois de lâcheté, mais toujours en conscience.

Ses supérieurs n'auront pas d'état d'âme, on lui demandera de démissionner. L'une des fautes à ne pas commettre dans une mission est une liaison régulière. Il a un seul argument à opposer à la sanction : il a réussi à soustraire une Française des mains de trafiquants de drogue qui la retenait en otage. Cela suffira-t-il à convaincre sa hiérarchie ?

Le bimoteur Beechcraft C90B King Air quitte la piste, tourne vers le taxiway ses phares balayant l'aérogare quand il fait un dernier virage pour se positionner sur le parking. Le pilote met les hélices en drapeau laissant les moteurs tourner. La porte de l'avion s'ouvre, un homme descend les marches et se dirige vers les portes vitrées de la salle d'embarquement.

Le faisceau de lumière balayant la salle a fait reprendre conscience à Anne. Un éclair de lucidité la traverse. Elle ne se voit pas rentrant à Bordeaux dans sa famille. Comment expliquer son périple, ses rencontres, son enlèvement, cette histoire rocambolesque avec Luis ? Non, son milieu conservateur et petit-bourgeois ne pourra pas le comprendre. Et puis elle a changé, la confrontation avec la réalité l'a marquée d'une empreinte douloureuse. La perspective d'une vie excitante ne lui déplaît pas. Un sentiment l'envahit depuis peu, celui d'une sorte de revanche. Louis a menti, elle devine derrière les mensonges un autre univers qui l'attire.

Partir avec Luis c'est accepter une vie parallèle dans laquelle se trouve – pense-t-elle l'occasion de lui montrer combien il est cruel d'être grugé. Elle échafaude déjà l'idée d'une vengeance.

La porte de la salle vient de s'ouvrir, l'homme de l'avion approche.

— Anne !!! Quelle est ta réponse ?

— Je pars avec toi.

En entrant dans l'avion, un deuxième homme les attend. La cinquantaine, en jean t-shirt et basket, il les observe d'un œil inquisiteur. En face de lui une sacoche en toile pend accrochée au dossier du siège.

Pas un mot n'est échangé, Alex se dirige à l'arrière de la cabine. L'homme qui les a accueillis prend place à côté de son collègue après avoir refermé et verrouillé la porte, puis il fait un signe de la main au pilote. L'avion commence à rouler quand Alex fait pivoter le siège en face d'Anne et explique ce qui va se passer.

— Nous décollons en direction de São Paulo au Brésil. Ensuite nous prendrons un vol régulier pour Le Caire en Égypte. Là nous rencontrerons un correspondant du Service de Direction Générale de la Sécurité Extérieure, la DGSE. Je pense que tu as compris que je ne suis pas un touriste. Je suis un agent de la DGSE au service de la brigade des stups française associée au département anti drogue américain. Ma mission était de découvrir la route de la cocaïne vers les États Unis. C'est grâce à toi, à Juan et au hasard que j'ai réussi. J'ai menti souvent, sauf lorsque j'ai dit que je t'aimai.

Le visage d'Anne s'empourpre. De colère ou de flatterie ? Elle n'en sait rien. Ce que Luis lui apprend tient du roman d'espionnage.

Alex ne lui laisse pas le temps de répondre, il fait un signe aux deux hommes à l'avant. Ceux-ci viennent s'asseoir à côté d'Alex. L'homme en t-shirt ouvre la sacoche et en retire deux passeports français.

— Mademoiselle, vous vous appelez maintenant Madame Anne Brulier, votre nom de jeune fille était Anne Dufi. Vous êtes pour la circonstance mariée avec Marc Brulier. Il tend le second passeport à Alex et dit :

— Luis, tu te nommes maintenant Marc Brulier. Vous êtes tous les deux correspondants de presse pour une revue « Chroniques du monde ». Vous avez un visa d'un an pour résider en Égypte. Votre adresse provisoire est « l'hôtel Continental » au Caire.

Nous nous séparerons à São Paulo, vous poursuivrez votre voyage avec Marc. Arrivé au Caire vous aurez d'autres informations. Voulez-vous boire ou manger quelque chose ?

Alex fit signe que oui. Ils partent à l'avant chercher deux plateaux-repas.

— Je suis assommée, dit Anne. Voilà maintenant que je suis ta femme !!! Tu n'y crois pas j'espère ? Je ne me suis pas embarquée dans cette folle aventure pour te faire plaisir, mais parce que cela me semblait être le moins mauvais des choix. Je ne suis pas sûre d'adhérer à la suite des événements. Pour ce qui est de notre « union » il va sans dire que nous simulerons.

— En ce qui concerne ton adhésion, je crains que l'on ne te laisse pas le choix, cela fait partie du contrat que tu as accepté.

Elle se cale dans son siège et fait la moue.

À l'aéroport de São Paulo, les journaux titraient en première page le démantèlement d'un réseau de trafiquants de drogue chiliens. La police avait mis la main sur les principaux acteurs du trafic, mais le chef avait disparu. Un journaliste déclarait qu'il avait quitté son domicile dans la précipitation. Malgré une surveillance des frontières, il restait introuvable. Des sources laissaient entendre qu'il avait trouvé refuge à l'étranger.

Chapitre VIII

Pendant le vol vers Le Caire, Alex justifie leurs changements d'identité comme étant une pratique courante pour brouiller les pistes. Dans ces opérations clandestines, il ne faut pas que l'on puisse remonter aux agents pour leur sécurité. Dans le cas d'Anne, c'est par commodité administrative pour la faire entrer régulièrement en Égypte avec lui.

Anne pose beaucoup de questions, Alex répond franchement sauf quand elle demande si son vrai nom est bien Luis Sunto. Il ment et répond que oui, c'est son vrai nom français. Ce mensonge est le dernier rempart pour protéger sa clandestinité. Il ne lui révélera jamais son véritable nom de famille.

Leurs rapports sont aux antipodes de ce qu'ils étaient avant son enlèvement, ils ressemblent maintenant à ceux de deux collaborateurs parlant de leur travail. Anne paraît détendue, mais il n'en est rien, elle simule déjà. En réalité elle a conscience qu'elle apprend une nouvelle vie avec un compagnon qui – l'espère-t-elle – lui montrera le chemin. Que se passera-t-il au Caire dans le nid d'espion de l'annexe de la DGSE ? Une chose la rassure, elle peut vivre aux crochets de « son mari » c'est une petite satisfaction. Elle se dit qu'elle apprend vite. Jamais il y a quelques mois, elle n'aurait eu une pensée aussi opportuniste.

— Pourquoi allons-nous en Égypte ? Demande Anne.

— Je dois y accomplir une nouvelle mission. J'ai déjà travaillé dans un pays arabe avant de venir en Amérique du Sud. Et toi es-tu déjà venue en Afrique ?

— Non je ne connais que l'Espagne et si peu l'Amérique du Sud.

— Je suis déjà venu au Caire, en touriste. En véritable touriste dit-il avec ironie – tu me crois cette fois-ci ?

— Oui dit-elle. En lui rendant son sourire.

À 6 heures du matin, l'avion commençait sa descente, déjà la luminosité avait changé de couleur. D'une limpidité cristalline, elle devenait laiteuse à mesure que l'avion descendait. Le sol renvoyait une couleur jaune orangé sans trace de végétation, le Sahara oriental défilait nu et aride sous les ailes de l'avion.

Une bouffée d'air chaud et odorant envahit la carlingue lorsque la porte s'ouvrit Une fois sur le tarmac, la luminosité, la chaleur moite et poussiéreuse agressa Anne. Elle s'apaisa une fois les formalités de police et de douane passées. L'aéroport se situe au nord-est de la ville, dans le hall des arrivées, une pancarte tenue à bout de bras par un homme de type européen indiquait leurs noms de famille : M. et Mme Brulier. Anne eut un instant d'hésitation, en quelques heures elle n'avait pas encore eu le temps de s'approprier sa nouvelle identité. L'homme dit quelques mots à Alex, salua Anne et les dirigea vers un parking où ils prirent une voiture pour se rendre au sud, à Giza, le quartier des Ambassades. Il fallut deux heures d'embouteillages de bruits incessants de klaxons, dans des rues garnies de nids-de-poule pour enfin y arriver. Pendant ce périple, Anne était subjuguée par cette ville tentaculaire de 17 millions d'habitants noyée de bruit, de saleté, nimbée de brume de pollution. La circulation semblait n'obéir à aucune règle, sauf peut-être à celle du conducteur le plus gonflé. Un tel environnement contrastait tellement avec celui de Santiago qu'Anne en avait le tournis.

Le quartier de Giza lui aussi contrastait, c'est un quartier chic en bordure du Nil. Les rues et avenues sont bordées d'arbres qui bien que poussiéreux donnent une touche verte rafraîchissante malgré la température déjà élevée en cette matinée de fin d'été. Certaines résidences se parent d'une pelouse copieusement arrosée par des jets rotatifs, d'autres possèdent un minuscule parc en façade.

Anne lit un nom de rue qui lui paraît incongru : Avenue Charles De Gaule. C'est dans cette avenue que la voiture s'arrête devant un mur et un portail interdisant l'entrée d'un immeuble de deux étages entouré de verdure. Sur la façade, le drapeau français pend mollement sur sa hampe. Une plaque de cuivre à côté du portail indique que l'on est devant l'ambassade de France. L'une des caméras de surveillance bouge légèrement, le conducteur montre un badge en abaissant sa vitre et le portail s'ouvre. La voiture contourne le bâtiment et stationne devant une autre bâtisse sans étage ressemblant à une villa.

Alex et Anne se dirigent vers l'interphone de la porte. Quelques instants plus tard, un homme d'une quarantaine d'années petit, le cheveu rare, un peu enveloppé vêtu d'une chemise bleu horizon aux manches retroussées tend la main à Anne puis à Alex. Un couloir dessert des pièces dont les portes sont fermées. La seule ouverte est celle par laquelle ils pénètrent dans un grand bureau. Les persiennes laissent entrer une lumière diffuse qui ajoutée à la fraîcheur de la pièce climatisée donne une impression de calme et de sérénité.

Monsieur H – nous l'appellerons ainsi – les fait asseoir devant le bureau alors qu'il prend place sur son fauteuil en ouvrant un dossier à lanière contenant une multitude de feuillets.

— Vous êtes bien Mademoiselle Anne Dufi, je veux dire Madame Anne Brulier ?

— Oui.

— Savez-vous où vous vous trouvez ?

— À l'ambassade de France, je suppose ?

— Pas du tout, l'ambassade est en face. Nous sommes dans l'enceinte de l'ambassade, c'est-à-dire en territoire français suivant les règles internationales, mais dans les faits vous êtes dans une antenne des services secrets, notamment le service des renseignements extérieurs. Nous connaissons un peu votre histoire, surtout l'épisode chilien où vous avez été séquestrée par une bande de trafiquants de drogue. Grâce à l'intervention de Monsieur Luis Sunto vous êtes aujourd'hui libre. Si nos renseignements sont corrects, vous aviez la possibilité de quitter Monsieur Sunto à l'aéroport de São Paulo. Vous ne l'avez pas fait. Pourquoi ?

Anne s'attendait à des questionnements multiples et avait préparé une réponse à cette question qui selon elle, arriverait inévitablement. Elle explique son choix basé sur trois considérations : son vécu au Chili, l'incompréhension prévisible de son milieu familial et de son cercle d'amis, son inaptitude à reprendre une vie paisible après la mort de son ami Juan et la rencontre avec Luis qui l'a troublée. Elle ajoute qu'une perspective de vie plus excitante ne lui déplairait pas.

— Vous considérez-vous comme une aventurière ?

— Non, pas du tout.

— Heureusement, sinon nous arrêterions notre conversation tout de suite. Voulez-vous prévenir votre famille et changer d'avis, il est encore temps ? Vous avez trente minutes pour téléphoner et ensuite nous informer de votre décision définitive.

Anne appelle ses parents. Ils étaient affreusement inquiets sans nouvelles depuis des semaines. Elle explique qu'elle ne rentrera pas avant plusieurs mois, peut-être plus, mais qu'elle appellera régulièrement. Pour finir, elle leur dit qu'elle souhaite changer de vie et de perspectives d'avenir sans donner plus de détails. Elle raccroche laissant sa mère effondrée de chagrin et d'inquiétude. Cette décision vient de sceller son destin, elle le sait.

Pendant ce temps, Monsieur H et Alex ont une entrevue compliquée. Monsieur H n'apprécie pas que l'on contourne le règlement. Pour lui cette personne aurait dû quitter São Paulo vers la France avec un passeport en règle à son nom de jeune fille. Alex sous couvert de sa mission l'a amenée ici sans motif.

— Il n'y aura pas de sanctions envers lui, car il a réalisé un acte humanitaire, mais cela laissera une trace dans son dossier. Monsieur H propose une des solutions envisageables si elle ne change pas d'avis. Alex devra lui trouver un travail. Pour l'isoler administrativement d'Anne, Monsieur H lui donne un nouveau passeport au nom de Marc Paloir. Il a une autre idée, machiavélique, la recruter, lui faire passer des tests de sélection en vue de missions féminines dans les milieux islamistes suspects. S'il y a échec aux tests, et quelle n'a pas de travail, elle sera expulsée sur-le-champ. Il demanda à Alex s'il la sentait capable de devenir officier traitant. Alex demande un délai, il en parlera à Anne.

Lorsque Anne revient, elle sent un malaise entre les deux

hommes. Elle donne sa réponse : elle reste en Égypte.

Alex et Anne prennent congé de Monsieur H. Ils ont rendez-vous avec lui deux jours plus tard.

Un taxi les dépose devant l'hôtel Continental au bord du Nil proche du quartier de l'ambassade. C'est un immeuble de vingt-trois étages avec piscine et une vue magnifique sur le Nil et l'île de Gézira.

À la réception, Alex demande une chambre avec deux lits jumeaux. Cette initiative rassure Anne qui ne se voie pas dormant sur un canapé ou un fauteuil.

La chambre est superbe et spacieuse, la vue magnifique. Très vite ils parlent de leur devenir. Alex a définitivement remisé son amour pour Anne aux archives, alors libéré de cette contrainte sentimentale, une discussion sereine et objective peut s'engager.

Alex rapporte une partie de son entrevue avec Monsieur H. Anne reçoit un nouveau choc à l'annonce de sa possible entrée dans les services secrets. Décidément, la vie lui joue des tours aussi incroyables qu'inattendus. Elle juge cette éventualité irrecevable tant elle est surréaliste. L'autre proposition, celle de trouver du travail ne l'enchante pas non plus, son plan initial était de vivre aux dépens de Luis. Cela fait partie de sa petite vengeance imaginée à l'aéroport de San Felipe.

Rien n'est décidé, ils prennent leurs sacs de voyage et partent acheter des vêtements. Ils abordent la question du logement, la vie dans cet hôtel ne peut durer longtemps, l'agence ne va pas les loger dans un tel luxe au-delà de quelques jours.

Le soir sur la terrasse du restaurant magnifiquement éclairée d'une douce lumière, ils dînent contemplant le Nil millénaire dont les eaux sombres évoquent inlassablement l'histoire biblique de civilisations disparues. L'apparence du bonheur de ce duo d'amoureux cache une tension contenue dans ce couple artificiel qui cherche un moyen de dénouer le nœud gordien que la vie leur impose. Alex regrette le choix qu'il lui a proposé. Anne a décidé sous le coup de l'émotion. Maintenant, elle doute. Tous deux sont liés par des remords. Le délicieux repas accompagné d'un vin argentin ne suffit pas à détendre l'atmosphère. L'un et l'autre redoutent le moment où dans la chambre, ils devront trouver un compromis d'intimité et s'abandonner à un sommeil réparateur.

En essayant de trouver le sommeil, Anne laisse ses pensées vagabonder jusqu'au moment où émerge une réalité qu'elle a occultée. Si elle est là et non pas à Bordeaux c'est qu'il y a un élément dans toute cette histoire dont elle ne veut pas reconnaître l'influence : Luis. Elle a du mal à l'admettre, mais quelque chose en lui l'a décidé à le suivre. Bien sûr, en façade elle affiche des arguments tels que l'inaptitude de ses parents et amis à comprendre sa situation, son goût pour une vie excitante, etc. Mais au fond, dans son subconscient, Luis l'attire, bien qu'elle s'en défende. Cette révélation subite retarde plus encore son sommeil.

Alex n'arrive pas à s'endormir non plus. Il pense à la proposition de faire entrer Anne au service de l'état. Elle ne lui semble pas apte, son caractère n'est pas assez affirmé et son expérience de la vie trop restreinte. Il connaît les méthodes d'évaluation pour les avoir subies, Anne ne passera pas le test au-delà de la première mise en situation surtout ici où elle n'a aucun repère. Il suspecte Monsieur H de profiter de cet échec pour la renvoyer en France rapidement. On ne décide pas de former un agent sans le connaître, c'est une manière diplomatique de dire que l'on ne veut pas d'ennui avec cette personne qui n'aurait jamais dû être là. Il faudra convaincre Anne de trouver du travail ou de partir. Finalement l'idée qu'elle parte soulage Alex, elle pourrait très vite devenir au fardeau.

D'ailleurs, pourquoi veut-elle rester ? Le sommeil l'envahit avant qu'il ne trouve une réponse cohérente.

**

Alex ayant déjà travaillé en milieu musulman en situation de guerre plus moins larvée au Maroc, présente un profil intéressant pour une mission d'investigations dans les mouvances musulmanes d'Égypte, qui selon le service pourrait être un repère de la montée du terrorisme.

Ils ne sont pas dans l'émerveillement du premier matin du monde lorsqu'ils s'éveillent. Chacun a en tête ses doutes. Au petit-déjeuner, Alex crève l'abcès.

— Anne, on ne peut pas faire comme si nous étions mariés on ne peut pas rester ensemble. J'ai compris hier soir en m'endormant qu'il fallait que nous mettions un terme à notre relation, tu dois partir. La proposition de Monsieur H est un piège. Il souhaite te faire passer des tests de recrutement pour avoir un alibi afin que tu quittes le pays. Je connais ces tests, sans vouloir t'offenser, tu n'as aucune chance de réussir.

— Mais je n'ai pas l'intention de rentrer dans ce service, je te l'ai déjà dit.

— Ce que je veux te faire comprendre, c'est que tu es persona non grata ici, avec moi. Tous les moyens seront bons pour que tu partes, des moyens diplomatiques, ou d'autres qui le seront moins. Les tests sont le moyen diplomatique.

— Les services secrets ne sont pas un modèle de vertu et de compassion. Une seule chose compte, la mission au service inconditionnel de l'état et de ses intérêts. Les hommes sont des serviteurs convaincus prêts à tous les sacrifices sans pouvoir en attendre la moindre reconnaissance. Cela peut être un monde impitoyable pour ceux qui ne sont pas dans le moule. Tu ne peux pas entrer dans le moule.

— Je crois que nous devons quitter cet hôtel rapidement, trouver chacun un logement et que tu organises ton départ.

Alex a parlé avec calme, mais fermeté. Il n'a pas encore posé la question qui lui a trotté dans la tête toute la nuit : Pourquoi diable, Anne veut-elle rester ici ?

Anne suffoque déjà, mauvaise nuit, matin humide et chaud et Luis qui vient de lui jeter au visage son souhait d'un départ imminent. Le sentiment d'avoir gâché sa jeune vie lui apparaît comme une réalité. Cet instant déprimant passé, elle décide de réagir, au point où ils en sont, elle décide de jouer franc jeu.

— Luis, pardon, Marc. Je ne sais plus comment il faut te nommer. Je vais t'avouer un sentiment surprenant. Si je suis ici, dans cette galère, c'est parce que tu m'attires. Ce n'est pas de l'amour, peut-être de l'amitié. Je ressens cela depuis notre rencontre. Avant que tu me libères de la maison de Puroz, j'étais prête à t'aimer, la suite des événements m'en a dissuadé et cependant j'ai voulu te suivre. Je t'ai haï de m'avoir menti sans le moindre scrupule, puis j'ai décidé de me venger en voulant vivre à tes dépens, mais je suis plus fragile que je ne l'imaginais, alors j'abandonne. Maintenant que je t'ai livré le fond de ma pensée, je suis désemparée et triste. J'ai voulu jouer, et j'ai perdu. Que vas-tu faire de moi ?

— Certainement, t'encourager au départ. Ce que tu dis me touche, mais je suis et je reste un espion. Il n'y a pas d'avenir pour toi avec un espion. Nous allons chercher un logement, et vivre chacun chez soi. Je ne souhaite plus que nous cohabitions, ce sera mieux ainsi.

— Tu peux prendre une location pour une semaine le temps d'organiser ton départ. Je m'occupe du paiement.

Anne ne répond pas, toute remarque aurait été inutile. Ils passent à l'ambassade, Monsieur H est absent. Renseignements pris auprès du secrétariat, ils ont une chance de trouver des studios à louer dans le quartier de Maadi.

Situé dans la banlieue sud à une vingtaine de kilomètres du centre-ville, le quartier de Maadi est un des quartiers résidentiels le plus vert de la ville. Il se divise en deux, le quartier traditionnel et celui plus récent à vocation commerciale. C'est dans ces deux quartiers que résident les expatriés, notamment les Français. Alex et Anne arrivent en taxi pour se rendre à une adresse de location immobilière. Après maintes palabres et négociations, ils finissent par visiter deux studios dans deux immeubles. Malgré le prix élevé, Alex prend les locations. Pour Anne il négocie une location pour un mois renouvelable. Le loueur indique que le lycée français est tout proche, que s'ils ont des enfants, ce sera pratique. Alex remercie et dès la porte franchie, ils sont pris de fou rire incontrôlable. Le moment de délire passé, ils imaginent qu'il y a une opportunité de travail pour

Anne.

Chacun emménage dans son studio et Anne se prend en charge sachant Luis proche. Le lendemain, elle se rend au lycée français. Il n'y a pas de travail, cependant on lui indique que certaines familles égyptiennes aisées cherchent des répétiteurs pour des enfants en difficulté scolaire. Elle repart avec deux adresses. Une semaine plus tard, elle fait du soutien pédagogique dans une famille égyptienne dont un fils va au lycée français.

Elle ne se sent pas encore très à l'aise dans ce microcosme d'expatriés vivant dans ces quartiers huppés sans contact avec la population autochtone. Les familles vivent en autarcie dans des cercles de loisirs et de voisinage. Les femmes passent des journées oisives attendant que leurs maris rentrent du bureau. Les sorties du week-end se passent entre amis, ils prennent leurs 4X4 rutilants et partent en excursion dans le désert ou dans la vallée du Nil vers Louxor et Abbou Simbel. Les familles égyptiennes aisées du quartier ne sortent pas beaucoup excepté pour faire du shopping. Anne est considérée par la plupart des expatriés comme une ouvrière, on la salue avec condescendance évitant d'engager la conversation au-delà de quelques banalités. Venant d'une famille bourgeoise, elle comprend maintenant ce que peuvent ressentir les personnes de condition modeste côtoyant des bourgeois. C'est pour elle une révélation.

La vie normale reprend son cours, Alex et elle se voient souvent le week-end, ils sortent ensemble comme de bons amis. Alex a expliqué la situation d'Anne à Monsieur H, qui sans enthousiasme, a accepté ce compromis entre Anne et Alex. Ils savent qu'à la moindre indiscrétion d'Anne, ce sera pour elle, dans le meilleur des cas, la fin de son aventure égyptienne et un retour précipité vers la France. Son passeport a été changé, il est à son véritable nom avec un visa de travail comme enseignante à l'alliance française. Le service, sur demande de Paris, vient de confier à Alex sa nouvelle mission : obtenir des renseignements sur les mouvances islamiques ayant un lien avec l'Arabie saoudite, le Liban et la Syrie.

DEUXIÈME PARTIE

Chapitre I

Depuis plusieurs mois, Anne et moi vivions avec une relation amicale dans laquelle, pour ma part n'existe aucune ambiguïté. J'avais été amoureux d'elle, mais la vie a très vite montré que notre relation amoureuse ne résisterait pas aux exigences de mon activité professionnelle. Je ne comprends pas l'attirance que je semble exercer sur elle, elle ne peut aboutir à aucune satisfaction amoureuse, excepté de me savoir près d'elle et de partager quelques moments de notre vie de Cairotes en goguette. Je ressens sa frustration de ne pouvoir m'aimer et aussi de ne plus vivre sa vie de jeune femme telle qu'elle l'a rêvé. Je culpabilise de l'avoir abordée sur la colline de Santiago, j'avais ce jour-là foutu sa vie en vrac juste pour le plaisir de faire du charme à une jolie fille. La suite n'a été qu'une occurrence d'événements qui m'ont bien servi pour accomplir ma mission. Les dommages collatéraux en sont catastrophiques. Je continue de vivre avec ça. L'espion au cœur de pierre n'existe pas, celui qui oserait dire le contraire serait un menteur. Mais c'est ce que nous sommes tous, dans le métier : des menteurs.

J'ai repris ma couverture d'agent commercial pour les engins de travaux publics dont une filiale se trouve à Port-Saïd. Ma nouvelle mission me fait visiter Le Caire dans ce qu'il a de plus populaire, et de pauvre. C'est peut-être dans ces quartiers aux ruelles étroites sales et encombrées de papiers souillés que peuvent naître et prospérer les artisans d'un islamisme que le monde occidental redoute. Parmi les quartiers pauvres, celui de Boulaq est certainement le plus rebelle et contrasté, car situé en face de Zamalek, un quartier riche de l'autre côté du Nil. Un pont les sépare, passer de l'un à l'autre c'est changer de planète. L'opulence d'un côté, les laissés pour compte de l'autre. À Boulaq la population est divisée, les pros Moubarak sont pour la plupart les plus pauvres et les vieux, les plus riches et les jeunes soutiennent les idées intégristes des « frères musulmans ». Curieux mélange savamment orchestré par ces derniers, qui, pour apparaître fréquentables ont modifié leur apparence, ils sont rasés, ou bien portent une barbe taillée avec soin et sont habillés à l'occidentale.

Je n'ai pas de limites dans mes explorations citadines, il m'arrive de fréquenter les bas-fonds des riches. Les grands hôtels fournissent par l'entremise de leurs salons VIP les divertissements que partagent dans une même débauche les princes saoudiens, les hommes d'affaires occidentaux, les milieux d'avocats et certains membres des confréries musulmanes qui viennent par ces entremises négocier des subsides avantageux pour soutenir les « frères » dans leur quête de pureté originelle. L'esclavage sexuel est la pierre angulaire de ces soirées. Des filles magnifiques du Soudan, du Yémen et parfois des

Russes squattent les tabourets haut perchés du bar, nul ne peut se tromper, les tenues moulantes colorées et pailletées font de ces jeunes femmes des créatures de rêve. Après avoir ondulé dans des draps de soie, au petit matin elles regagnent leur bidonville à la périphérie des quartiers pauvres comme Choubra dans la banlieue nord.

Je suis un électron libre dans cette ville tentaculaire nimbée de la poussière ocre du désert. À la « piscine[2] » tout le monde a conscience que pour avoir des renseignements fiables sur les mouvances obscures de l'Islam, il faut de la patience et infiltrer ces milieux. L'infiltration est un processus long, risqué et aléatoire. Compte tenu du caractère disparate et étendu des différentes confréries. Des branches sont repérées dans tous les pays arabes du Moyen-Orient. Elles sont en principe les subordonnées d'un guide spirituel qui serait Égyptien. Hors du Moyen-Orient, les « frères » ont des ramifications dans les pays bordant la Méditerranée occidentale ainsi qu'en Afghanistan. Le Qatar est une des pièces importantes, il représente à la fois l'idéologie suprême, la manne financière et la branche communicante grâce à la chaîne « Al Jazeera » qui promeut l'idée que l'islamo-conservatisme des « frères » correspond aux attentes des peuples arabes. Les Égyptiens seraient, dans cet imbroglio, dans une position dominante. J'allais organiser mes recherches, créer des contacts, et me fondre dans ces multiples et obscures tendances religieuses quand un de nos

---

[2] C'est le nom donné par les agents au siège de la DGSE à Paris.

informateurs, un barman au bar de l'hôtel Ritz Carlton nous apprend qu'un client bavard a vu un modeste commerçant de Khan El Khalili, le souk turc, fréquenter le carré VIP. Cela a étonné à la fois l'homme bavard et notre sentinelle qui a pour mission de capter les rumeurs les plus excentriques. En contrepartie, la police ferme les yeux sur ses petits trafics de pièces automobiles. Je vais aller y boire un verre ce week-end avec Anne qui me servira de couverture afin de décourager les ravissantes entraîneuses haut perchées sur les tabourets du bar.

Le samedi suivant je me rends chez Anne. Elle est ravie de jouer la call-girl avec moi dans un bar de luxe, une fois n'est pas coutume. Il y a trois semaines que nous ne nous étions pas rencontrés, je demande des nouvelles sur son moral et sur son travail.

— Ça va. Dit-elle. Je commence à rencontrer du monde, des Égyptiens surtout, les gens chez qui je travaille ont beaucoup d'amis et une grande famille. Le soir, il y a souvent du monde qui passe, quelques fois ils dînent ensemble et il n'est pas rare que je sois invitée. D'ailleurs, certains jeunes hommes voudraient bien me courtiser, ils ne sont pas mal, mais tu sais bien que tu restes mon attirance préférée, même si cela reste platonique et fantasmagorique.

Je n'aime pas du tout entendre ces propos qui me mettent mal à l'aise et réveillent ma culpabilité. Je détourne la conversation.

— Il bosse bien leur gamin, tu t'en sors avec ses cours ?

— Oui, nous faisons surtout du Français. Et toi ? Les islamistes ? Tu en as déjà repéré ?

— Joker !!! Tu sais bien que je suis tenu au secret, alors tu ne sauras rien.

— D'accord, mais ce soir tu m'emmènes dans un lieu inhabituel. Ça ne serait pas du boulot par hasard ?

— Oui, on peut le voir comme ça, c'est plutôt pour faire du repérage. Pourquoi ne pas joindre l'utile à l'agréable ?

— D'accord, n'en parlons plus. Si j'ai bien compris, il faut que je m'habille un peu « class » ? Je fais dans le style James Bond Girl ?

— Si tu as les vêtements, pourquoi pas. Dans ce cas, on repasse chez moi et je me change. Ça sera marrant de jouer l'espion quand on en est un.

Anne disparaît un long moment, lorsqu'elle reparaît, je suis subjugué. Elle a coiffé ses cheveux en queue-de-cheval, ces yeux, ses lèvres sont magnifiquement colorées, elle a revêtu un chemisier bleu indigo, un pantalon moulant blanc et pour parfaire l'ensemble un petit foulard Hermes – sûrement une imitation – négligemment noué au cou. Je l'admire un instant, en l'embrassant dans le cou troublé par son parfum délicatement musqué.

Une heure plus tard, un taxi nous dépose devant le Ritz Carlton. Le chasseur nous indique l'accès au Bar'Oro. Il précise que l'on peut aussi boire un verre au Lobby Lounge ou au Ritz bar. Devant tant de choix, Anne croit halluciner, elle se colle un peu plus contre moi pour faire plus vrai. Je reste sur le choix du bar'Oron car c'est là qu'officie l'indic.

Le bar est bondé ce qui le rend moins grand que ce que j'imaginais. Je ne connais pas le Ritz, je m'attends à un endroit intime, et feutré. Je suis déçu, le bar en arc de cercle est minuscule, de grandes baies vitrées donnent sur une terrasse d'où l'on a une vue panoramique sur le fleuve et la ville, les fauteuils recouverts de toile à rayures marron et vert ajoutent un air suranné au décor qui se veut chic, mais d'un autre âge. Plus aucun fauteuil n'est libre, bon nombre de clients sont debout et parlent en petits groupes. Plus une entraîneuse n'est disponible, je les vois assises dans les fauteuils les plus à l'écart en compagnie d'hommes plus très jeunes et certainement très riches.

Accoudé au comptoir, je commande un Mojito sans paille. C'est le mot de passe pour le barman, si c'est bien l'indic il doit répondre « Originalité française ? ». Ce qu'il répond.

— Et pour mademoiselle, vous le prenez sans paille également ?

— Avec une paille s'il vous plaît. Je demande : le type du souk est-il là ce soir ?

— Je ne l'ai pas vu, il ne vient pas tous les soirs et je ne suis pas de service tous les jours, alors peut-être est-il venu en mon absence.

Nous sirotons lentement notre cocktail pour faire durer le plaisir, mais aussi pour avoir le temps d'observer. Soudain, Anne se penche à mon oreille.

— Marc, ne tourne pas la tête, je viens de voir entrer quelqu'un que je connais. Je l'ai vu chez les gens pour qui je travaille, il ne faut pas qu'il me voie, il est sur ta gauche un peu en arrière, si tu bouges un peu vers moi il ne me verra pas. Je bouge légèrement et regarde dans la glace du bar. Avec la description d'Anne, je le repère, il parle avec un groupe d'hommes plutôt jeunes qui boivent des sodas debout. Je demande au barman s'il connaît le type qui vient d'arriver. Celui-ci répond non d'un signe de tête. Je me penche vers Anne, je lui dis de ne pas craindre d'être reconnue, elle a tout à fait le droit d'être ici avec un homme et celui qu'elle désigne a la légitimité d'être ici. Et s'il nous voit, pourquoi ne pas discuter ensemble si l'occasion se présente ?

Notre cocktail terminé, je propose d'aller visiter les autres bars et lounges, j'en avertis le barman en disant que je repasserai par ici en partant. Nous nous frayons un passage entre les clients lorsque quelqu'un interpelle Anne :

— Hello Mademoiselle Anne !!! Je sens sa main serrer mon bras, tandis que son regard tente de rencontrer le mien. L'homme qui vient de l'interpeller est celui qu'elle connaît.

— Je suis surpris et enchanté de vous rencontrer ici. Je suis Ali. Dit-il à mon intention. J'ai déjà rencontré Mademoiselle chez mon cousin Tarek.

— Je vous présente Marc, un ami. Réplique Anne d'une voix mal assurée.

— Voulez-vous vous joindre à nous, nous vous offrons un verre ? Propose Ali. Vous êtes aussi professeur, Monsieur Marc ?

— Non pas du tout. Répondis-je. Je suis commercial dans une

entreprise de travaux publics.

— Très bien, venez au comptoir.

— Veuillez nous excuser. Dis Anne. Mais nous allions partir, une autre fois peut-être ? Ali nous salue amicalement de la main, tandis qu'Anne d'une main ferme m'entraîne hors du bar.

— C'est ridicule. Dis-je. Il a l'air sympathique et cela peut être utile de nouer des connaissances avec les locaux.

— Je sais, toi, c'est ton travail, mais pour moi c'est gênant, je suis employée dans cette famille et tiens à garder mes distances avec eux.

Je n'insiste pas, nous partons dans la direction du Lobby Lounge. L'ambiance y est bien différente, moins people. Le décor pharaonique aux murs décorés d'inscriptions et de dessins connus rappelant ceux des temples de Louxor ou d'Abbou-Simbel, les lampes en marbre ou en stuc dissipent une lumière douce sur les tables basses alors qu'un personnel de blanc vêtu circule entre les tables offrant des cocktails sophistiqués aux clients dont la plupart sont d'origine arabe, africaine ou asiatique. Les femmes « d'accompagnement » portent des tenues de soirée pas toujours de bon goût produisant cependant l'effet recherché par les hommes d'affaires.

Anne se crispe devant cette débauche de luxe, elle n'est pas à l'aise dans ce milieu. Alors pour ne pas lui imposer de promiscuité avec cette clientèle, je lui propose de rester au bar. Je suis en négociation avec le barman pour connaître le meilleur cocktail, lorsqu'un téléphone l'interrompt. Il décroche et se met à me fixer en faisant des signes de tête d'approbation à son interlocuteur, puis approche l'appareil, il me tend le combiné en me disant : « c'est pour vous ». Surpris, je dis : allô. Une voix me répond : « Originalité française ». Votre homme vient d'arriver, il a dit au type que vous avez salué tout à l'heure qu'ils se rendaient tous les deux au Lobby lounge. Je voulais vous prévenir. C'est un homme de taille moyenne, gros, vêtu d'un costume marron avec une cravate aux motifs jaunes. Puis il raccroche.

Immédiatement je dis à Anne de partir aux toilettes et de n'en sortir que quand je l'appellerai. Sous le choc elle pâlit, et sans un mot, sentant le danger, elle se dirige rapidement vers les toilettes. Dans le même instant, je commande un cocktail au choix du barman et me dirige vers un recoin abrité des regards de ceux qui entrent. L'endroit est minuscule, avec une petite table et deux poufs inconfortables ce qui explique certainement qu'ils restent libres.

Quelques minutes plus tard, les deux hommes entrent dans le lounge. Je reconnais le commerçant du souk, il parle avec Ali en se dirigeant vers le fond de la salle à une table occupée par deux hommes. L'un d'eux peut être Libanais ou Palestinien, l'autre habillé à l'occidentale ressemble à un Saoudien ou Qatari, peut-être afghan. Je reste un moment en observation, puis fais ce que la DGSE apprend à tous ses agents, un classique du genre. Je me lève, attends que le serveur se trouve avec son plateau assez proche des quatre hommes et alors, avec maladresse, je me retourne en percutant le plateau qui répand son contenu sur le sol. Aussitôt, je me confonds en excuses aussi maladroites que mon geste. Cet incident attire bien entendu l'attention des tables alentour, notamment celle où se trouvent Ali et ses trois compères. Celui-ci se lève, vient à ma rencontre en dédaignant le serveur qui éponge le sol avec un tissu immaculé qu'il retire de son avant-bras.

— Monsieur Marc !!! Que vous arrive-t-il ? Tout va bien ? Où est votre compagne ?

— Merci Monsieur, je vais bien, je suis désolé, un moment d'inattention et je déclenche une catastrophe.

— Allez, venez vous asseoir à notre table, je vais demander un siège supplémentaire au serveur. Vous êtes vraiment seul ?

— Oui, mon amie ne se sentait pas bien, je l'ai raccompagnée et confiée à un chauffeur de taxi. J'ai décidé de prendre un dernier verre ici, et vous ayant aperçu je voulais nous excuser pour ne pas avoir répondu favorablement à votre invitation.

— Ce n'est rien n'en parlons plus. Je vous présente des amis, nous nous retrouvons ici pour fêter un événement. Aujourd'hui, c'est l'anniversaire de Naïm. Il possède une boutique de tapis à Khan El Khalili vous connaissez ?

— Oui, bien sûr, c'est le souk turc.

— Exact, et ses deux messieurs sont ses fournisseurs. Hamed est Qatari, il fait du négoce avec l'Europe et Youssef qui est Yéménite possède la plus importante fabrique de Tapis du pays.

— Joyeux anniversaire, Monsieur Naïm. Dis-je avec révérence.

— Je vous présente Marc, nous nous connaissons depuis peu, il est commercial dans les travaux publics, je crois, mais surtout il connaît une charmante jeune femme qui donne des cours de français au fils de Tarek mon cousin.

Pendant qu'ils font les présentations, le serveur a amené un fauteuil, renouvelé les boissons accompagnées de pâtisseries. Mon opération d'abordage a parfaitement fonctionné. Il ne fallait pas trop bavarder, car je devais délivrer Anne toujours enfermée dans les toilettes. Mon objectif est d'obtenir les noms et adresses de tous ces personnages. Après une pâtisserie trop sucrée et un jus de goyave délicieux, je prends congé de ces Messieurs après avoir échangé nos cartes de visite. Je promets aussi d'aller voir la boutique de Naïm au souk turc.

Dix minutes plus tard, Anne sort discrètement des toilettes. Dans le taxi je lui explique ce qui a motivé ma décision de l'envoyer aux toilettes. Je ne voulais pas qu'elle soit impliquée dans cette rencontre qui jusque-là ne révélait rien d'anormal, mais la prudence et peut-être aussi un peu de paranoïa m'ont guidé dans ma décision un peu abrupte, je le concède.

— Dis-moi Anne quel est le métier de Tarek ? Et son nom de famille.

— Il s'appelle Tarek Mulbek, il est avocat au pénal, je crois. Il travaille en indépendant, son bureau est dans le centre à côté du musée égyptien et de la station de métro « Sadat ».

— Lorsque tu reverras ce Monsieur Ali, il va sûrement te parler de notre rencontre. Tu justifieras ton absence conformément à ce que je leur ai dit, mais je serai intéressé par ce qui se dit avec Tarek. Ils vont peut-être se méfier de toi. Tu le sentiras très vite, leur comportement va peut-être changer en ta présence. Ce détail m'intéresse. Je ne t'en demande pas plus. Reste prudente sur tes propos et ne change rien à tes habitudes.

— Tu vois, Luis – elle n'arrivait pas à l'appeler Marc, je crois que c'est ça qui m'attire vers toi, ces situations ambiguës, mystérieuses que tu déclenches autour de toi. Je sais que cela peut être dangereux, mais ces intrigues sont comme un peu de poivre sur la vie sans saveur que je mène. Depuis que je te connais, je vais de surprises en rebondissements, chaque fois que nous nous rencontrons, inconsciemment je me dis qu'il va peut-être se passer quelque chose. Je crois aussi que c'est pour cela que je suis incapable de t'aimer. L'amour sous-entend un minimum de stabilité, de cohérence dans le couple, chez toi, cela n'est pas possible, tu es sous des apparences dociles un animal sauvage qui guette sans fin une proie, tu t'immisces dans la vie des autres, dans leurs habitudes, tu deviens un clandestin de leur existence.

L'analyse d'Anne était juste et rassurante. Elle savait que j'avais ressenti de l'amour pour elle, avec ces quelques phrases habilement placées dans ce contexte, elle venait de clarifier une fois pour toutes notre relation. Dorénavant je pouvais la considérer selon les circonstances comme une amie, ou comme une auxiliaire, ce rôle semblait lui convenir.

Le fil d'Ariane que je m'apprête à suivre est ténu. Rien ne permet de faire un lien entre les personnages rencontrés au Ritz et un réseau d'islamistes et encore moins avec de potentiels terroristes. Je tiens simplement un fil qui peut mener à une toile tendue menaçant les communautés non musulmanes de la planète.

Chapitre II

Depuis que le réseau chilien de cocaïne avait été démantelé, Agousto Puroz avait disparu aux yeux de la police chilienne. Son parcours clandestin l'avait conduit tout d'abord chez ses anciens amis boliviens. De ses amis de jeunesse, il ne restait que de vieux parrains qui retirés des affaires vivaient de leurs rentes. Agusto Puroz fut bien accueilli, on l'hébergea, lui trouva un travail d'employé de bureau dans une entreprise complaisante. La destruction de son réseau fut prise très au sérieux par les petits caïds locaux, pour eux il était évident qu'un agent étranger était à l'origine de sa chute. Ce préjudice ne pouvait pas rester impuni. Ce ne serait pas facile, mais les tentacules de la pieuvre devaient pouvoir retrouver la trace de cet homme, Luis Sunto. Un contact fut pris avec le pays voisin où Agusto Puroz avait aussi des amis, la Colombie.

La Colombie assurait toujours la majeure partie de la production mondiale de stupéfiants, alors Agusto Puroz migra dans la région montagneuse de Santander en Colombie. On lui trouva une résidence dans un hameau discret dans les collines près de la ville d'Abrego. Là, un comité de soutien se constitua pour retrouver la trace du Français ou de la Française. C'était d'ailleurs le seul indice qu'ils avaient, leur nationalité. La tâche serait longue et difficile. Les premières recherches seraient menées par les Boliviens au Chili, avec les relations de la branche corrompue de la police via Alvaro Taloba qui n'avait pas été inquiété lors de l'arrestation de la bande de Puroz.

Une année avait passé et rien de vraiment nouveau n'était apparu. La Française et Sunto s'étaient volatilisés. D'après les recherches de la police, ils n'avaient quitté le pays ni par un port ni par un aéroport. Cela confortait Puroz dans l'idée qu'il s'agissait d'un coup organisé par des services étrangers. Les deux liens possibles déjà connus par Puroz étaient la ville d'origine de la Française et la société pour laquelle Sunto avait travaillé dans le désert d'Atacama. Il encouragea ses hommes à chercher de ce côté-là. La société pouvait peut-être leur donner une piste.

* **

Le souk turc, situé dans les vieux quartiers historiques du Caire est le plus grand souk d'Égypte, on l'appelle communément Le Khân. Depuis une semaine, je cherche des liens entre les personnages rencontrés au Ritz. Aucune connexion n'apparaît dans les fichiers de l'agence. Les noms des cartes de visite, pour autant qu'ils soient vrais, ne sont pas connus dans nos bases de données. Un matin je pars dans le souk à la recherche du magasin de Naïm. Sur la carte de visite il doit se situer entre les rues Mûskî et d'al-Mu'izz. Facile à trouver sur un plan, beaucoup moins dans le labyrinthe des ruelles, la plupart sans indication de nom de rue. Il me faut demander plusieurs fois mon chemin aux boutiquiers. Par bonheur, l'heure matinale exclut la foule envahissante et désordonnée des touristes. Les chalands déjà nombreux sont des Égyptiens, certainement des Cairotes des classes aisées, ils viennent flâner dans le souk le matin pour ne pas se mélanger aux touristes que les bus déversent à flux continus de la fin de matinée jusqu'en milieu d'après-midi. Je fais exception avec mon look d'Européen. Après avoir tourné, contourné, dépassé les deux rues qui me servent de repère, je passe pour la troisième fois devant une échoppe que je n'ai pas remarquée tellement elle disparaît derrière les étals de la rue quand une voix m'interpelle.

— Hello, Monsieur Marc !!! Me retournant, je vois une personne que je ne reconnais pas tout de suite. Vêtu d'une djellaba, coiffé d'une Chéchia, je finis par reconnaître Naïm.

— Naïm !!! Je cherchais justement votre boutique, cela trois fois que je tourne autour sans vous trouver.

— C'est normal, vous êtes comme tous les touristes, le souk vous fait perdre le sens de l'orientation, il faut être Cairote pour ne pas se perdre. Les touristes se repèrent grâce aux deux grandes mosquées tout près d'ici. C'est bien leur rôle de guider les âmes égarées -ditil en souriant. Entrez, nous allons boire un thé.

Je le suis dans l'étroit couloir que forment les articles entreposés sur des étagères, des barres de bois suspendues par du fil de fer sur lesquelles se chevauchent d'innombrables tapis. Le couloir de quelques mètres se termine par une pièce tellement exiguë que deux personnes seulement peuvent s'y asseoir. Au centre, une table basse recouverte d'un plateau de cuivre jaune martelé, avec autour trois tabourets permettant de s'asseoir en se contorsionnant. Les murs, enfin, ce qui les couvres n'est qu'étagères dont les planches accusent une courbure inquiétante, elles contiennent encore des tapis pliés en quatre, des bibelots, aiguières de cuivre et quelques sacs et objets en cuir.

Nous buvons le thé traditionnel en bavardant de choses et d'autres, lorsqu'un homme, la quarantaine, bien habillé, portant d'une main un sac plastique représentant une publicité de cigarettes américaines montrant un cow-boy fumant sur fond de décor de monument valley et sous le bras un petit tapis de prière entre dans l'embrasure de la minuscule pièce. Mon hôte se lève pour saluer l'entrant.

— Bonjour Tarek, entre, nous buvions du thé, en veux-tu ?

— Non merci, je suis pressé et déjà en retard. Je t'amène mon tapis pour que tu le fasses réparer.

— Bien sûr, pose-le là, et repasse dans deux semaines.

L'homme pose le tapis, salue et reprend le couloir jusqu'à la ruelle où il disparaît avec son sac plastique à la main.

En entrant, j'avais remarqué un sac identique posé sur un

amoncellement de tapis à l'entrée de l'échoppe, au milieu du bazar ambiant cela ne dénotait pas, les Égyptiens ont l'habitude d'employer ce type de sac que toutes les grandes marques distribuent généreusement. Au bout d'une heure de palabres où nous échangeons sur nos métiers mutuels et sur la France, je prends congé. En repassant dans le couloir, je vois le sac toujours posé sur les tapis. Il me semble qu'il n'a pas tout à fait la même forme, sûrement une vue de l'esprit, je sort dans la ruelle et m'éloigne en saluant Naïm de la main. J'ai parcouru quelques rues, quand une idée me vient. J'avais repéré dans le fouillis de la boutique une jolie théière en porcelaine, je regrette de ne pas l'avoir achetée pour l'offrir à Anne. Je rebrousse chemin pour faire mon achat. Naïm est devant sa boutique. Il est surpris de me voir revenir aussi vite, il m'accueille avec un grand sourire en disant :

— Tu as oublié de m'acheter quelque chose ?

— En effet répondis-je, j'ai vu une théière bleue, et je voudrais l'offrir à mon amie.

— Viens, entre, je vais te faire un beau paquet-cadeau.

La première chose que je vois en entrant c'est la disparition du sac plastique. Je regarde autour de moi, puis dans la pièce du fond pendant que Naïm fait le paquet, mais je ne vois rien. Je paye, remercie et reprends la ruelle en repensant à ce sac. Un détail, pensais-je, mais dans mon métier un détail peut révéler une montagne. Parfois les gens se plaignent d'être au mauvais endroit au mauvais moment. Pour un agent secret, il se trouve que c'est souvent une chance.

Le lendemain, je passe chez Anne pour lui offrir mon petit présent.

— Dis-moi Anne, comment s'appelle-t-il le type chez qui tu travailles ?

— Tarek Mulbeck. Tu en as entendu parler ?

— Non, pourrais-tu le décrire ? La description que fait Anne correspond point par point à l'homme que j'ai vu entrer dans la boutique de Naïm.

— C'est étrange, j'ai rencontré cet homme hier matin dans la boutique d'un marchand de tapis du souk que nous surveillons. J'ai le sentiment que cette famille chez qui tu travailles n'est pas aussi tranquille qu'il y paraît. Fais attention à ce que tu dis, ils pourraient te faire dire des choses sur tes relations, notamment à mon sujet. Si tu vois ou entends quelque chose qui te semble intéressant, fais-le moi savoir.

Cette histoire excitait Anne, elle se prenait pour une infiltrée dans une famille musulmane. C'était faux dans le principe, mais elle aimait y croire.

* **

Comme tous les soirs, le quartier de Choubra au nord du Caire s'anime. Les ruelles étroites, sinueuses, jonchées d'ordures où des enfants à vélo se faufilent entre les passants et les tables en fer-blanc qui s'étalent jusqu'au milieu de l'étroit passage. C'est dans ce décor «nouveau chic» que les Cairotes des beaux quartiers viennent dîner. Les restaurants sont appréciés pour leur cuisine authentique. On y déguste les viandes grillées et les légumes mijotés au four dans de grandes marmites en terre cuite, et de vieilles recettes oubliées. Tout ça se passe sous le linge qui pend des balcons prenant à la fois la poussière et les odeurs de kebab et de keftas qui montent de la rue. Si les rues sont polluées et sales, en revanche la nourriture est saine, tout est cuisiné sur place à la demande. Au milieu de la foule, sur une table enfumée par le grand barbecue à charbon, deux hommes sont en grande discussion devant des assiettes de tahiné.

— J'ai besoin de ton avis Ali. J'ai un doute, je ressens quelque chose d'anormal flotter dans l'air. Depuis une semaine il me semble que quelqu'un nous épie.

— Je n'ai rien remarqué Naïm, tu es peut-être un peu surmené. Nos activités commencent à s'organiser, on va devenir des pros, de vrais politiques, l'expansion du mouvement est internationale ou du moins va le devenir. Depuis quelques mois, l'argent arrive, nos réunions avec Hamed et Youssef se passent bien et Tarek organise bien la structure avec nos frères ici, au Liban et en Irak.

— Oui tu as sûrement raison, mais je vais te dire exactement ce qui me tracasse. Tu te souviens, l'autre soir au Ritz, tu as rencontré une jeune femme qui donne des cours au fils de Tarek. Elle était accompagnée d'un type qui travaille dans les TP ?

— Oui je m'en souviens, elle est très jolie d'ailleurs.

— Eh bien le type, je l'ai revu ce soir-là dans l'autre salon avec Youssef et Hamed. Jusque-là rien d'anormal. Mais hier il est venu me voir à la boutique. Une visite de courtoisie, il a même acheté une théière pour son amie. Seulement hier, c'était le jour de la livraison et justement, Tarek est passé et il a vu ce type.

— Et alors, il n'a rien remarqué ? Tarek a fait comme d'habitude ?

— Oui, bien sûr, mais je trouve l'enchaînement de tout cela curieux. La fille chez Tarek, les rencontres au Ritz et enfin sa venue dans ma boutique.

— Bon, écoute j'en parlerai à mon cousin Tarek la prochaine fois que je le verrai. Ne t'inquiète pas.

Ils terminent leur repas avec des keftas et chacun rentre chez lui.

Pour la deuxième fois de sa vie, Anne sent qu'elle côtoie un danger. Cet obscur sentiment, comme un fantôme hante ses moments de demi-sommeil où le rêve et la réalité se confondent.

Comme tous les jours, elle va enseigner les bases et les subtilités de sa langue maternelle à un étranger. De noble et passionnante, cette tâche peut devenir un piège. Elle ne perçoit pas du tout comment ni quand il risque de se déclencher. La théière sur la table du petit-déjeuner la rassure, Luis veillera sur elle. La peur n'empêche pas le danger se dit-elle en partant donner son cours, elle sera très attentive aux comportements et aux échanges en essayant de rester objective malgré le potentiel toxique de cette famille.

Je n'ai pas évoqué l'histoire du sac plastique lorsque j'ai offert la théière à Anne. Depuis une semaine j'ai convaincu Monsieur H de mettre deux lignes téléphoniques sur écoute. Celle de l'avocat Tarek, celle de Naïm le marchand de tapis. Cette opération nécessite des autorisations, du matériel et du personnel. L'agence du Caire n'est pas dimensionnée pour cela, j'ai dû user de persuasion sur l'intérêt d'une telle démarche. Rien n'est apparu comme un élément révélateur dans les échanges, il n'y a pas eu d'appel entre l'avocat et le marchand de tapis.

Depuis que j'ai repris mes activités professionnelles de couverture à Port-Saïd, j'ai le sentiment que ma mutation dérange. L'activité des engins de travaux publics en Égypte a diminué depuis quelques années et le modeste bureau de la compagnie devient inutile. Un matin le responsable me communique ma lettre de licenciement au prétexte qu'une plainte suivie d'une enquête a été menée au Chili à mon encontre. Le motif sous-entendu est « l'espionnage industriel ».

Ne voulant pas d'histoire avec les autorités égyptiennes très sensibles sur ce sujet, ils ont jugé préférable de me licencier.

Perdre ma couverture ne me dérange pas, mon visa professionnel est valable un an. D'ici là, j'aurai encore une fois changé d'identité, de profession et peut-être de pays. Ce qui me préoccupe davantage c'est l'évocation d'une enquête chilienne. Visiblement la société au Chili a communiqué avec le bureau de Port-Saïd, et donc tout le monde sait au Chili que je travaille ici sous une nouvelle identité. Si cet état de fait est avéré, cela veut dire que là-bas, je suis recherché. Si Interpol est dans le coup, ma légende ne tiendra pas longtemps.

Je pars marcher le long du canal pour aérer mes pensées. C'est salutaire, car la lumière jaillit. Cette histoire d'espionnage ne peut pas tenir la route, c'est grâce à moi que la police a arrêté le gang de Puroz, alors il ne peut s'agir que d'une tentative fomentée par une mafia en lien avec Puroz pour retrouver ma trace afin de me faire payer.

Le soir même je suis au bar du Ritz. Le barman indic par chance est de service. J'attends la fermeture du bar en buvant des cocktails, ce qui a pour effet de me mettre dans un état second annihilant les quelques scrupules que j'aurais pu avoir si j'avais demandé un service aussi scabreux à jeun. Hors de l'hôtel, je glisse quelques billets de cent dollars dans la poche du barman après lui avoir clairement dit ce que j'attends de ses amis.

Le lendemain dans le journal *Al-Ahrâm* on pouvait lire qu'à Port-

Saïd le bureau d'une compagnie de travaux publics avait été détruit par une explosion suivie d'un incendie. Il ne restait rien du baraquement. La police s'oriente vers une cause accidentelle, une bouteille de gaz dont le robinet était défectueux auprès de ce qui reste d'un réchaud justifie la thèse de l'accident.

Le lendemain matin, l'un des téléphones sur écoute révèle que Naïm a appelé Ali pour lui signaler que le bureau de TP où je travaille a brûlé. Il trouve ça louche. Ali dit qu'il se renseignera auprès de la jeune femme. Je ne dis rien à Anne, son innocence plaidera en sa faveur dans les propos qu'elle pourra recueillir.

Une semaine plus tard, un fait divers passe inaperçu. Un meurtre a été commis sur un égyptien, un commerçant du souk turc. Il a été retrouvé poignardé au bord du Nil vers les quartiers nord. Ce genre de nouvelle n'étonne pas grand monde, la criminalité entre communautés est monnaie courante. Mais dans l'après-midi, le barman téléphone au bureau et demande à me parler. Sur la photo du journal, il a reconnu le type bavard qui avait dit qu'un marchand du souk venait très souvent au bar du Ritz. J'avais misé dans le mille en m'intéressant à Naïm. L'enjeu devait être important pour éliminer un pauvre type bavard. Je pensais tout de suite à Anne qui sans le vouloir devenait une taupe dans ce guêpier. Son innocence ne la protégerait pas longtemps, je devenais un danger pour elle, très vite je serai dans le viseur de cette organisation, et j'aurais fort à parier qu'elle serait une proie très accessible bien avant moi.

Je décide d'aller faire un tour du côté de chez l'avocat. Je prends un bus, puis le métro pour semer une éventuelle filature. Le cabinet est au quatrième étage d'un immeuble moderne de bureaux. Dans le hall, je vois la plaque de cuivre qui indique « Tarek Mulbek Avocat ». Au même étage, sur le même palier, il y a un médecin généraliste. Personne n'est entré dans le hall, je prends les escaliers et monte au quatrième. La porte de l'avocat est à droite, celle du médecin à gauche. La porte d'entrée du médecin donne sur une salle d'attente ou un bureau de secrétariat, car du palier j'aperçois des plantes vertes à travers une vitre en verre opaque sur la moitié de sa hauteur. Je sonne et entre. C'est en effet une salle d'attente. Cinq personnes attendent, il n'y a plus de place, aussi je reste debout ce qui me permet en me hissant d'un petit centimètre de voir les allées et venues sur le palier. Avec cinq patients avant moi, je dispose d'au moins une heure d'observation. Le premier patient entre dans le cabinet de consultation accompagné par le docteur, un homme d'une cinquantaine d'années à l'allure sportive. Sa clientèle a l'air plutôt aisée, il n'y a pas de femmes parmi ceux qui attendent. Le fait du hasard, certainement. Les patients se succèdent, il n'en reste plus qu'un quand la porte de l'avocat s'ouvre. Je reconnais Mulbek qui raccompagne à la porte un type barbu, vêtu d'une djellaba descendant jusqu'à mi-mollet laissant voir un pantalon trop court. Des baskets blanches chaussent ses pieds. L'archétype du frère musulman. L'homme se dirige vers l'ascenseur. Une fois la porte refermée, je sors, et descends les escaliers quatre à quatre pour arriver dans le hall à temps pour le voir tourner à gauche dans la rue. Je le prends en filature.

L'homme marche vite, il se faufile entre les passants nombreux, déambulant sur le trottoir souvent encombré. J'ai du mal à le suivre sans bousculer les chalands, parfois je le perds de vue à un carrefour, mais sa grande taille le révèle à nouveau. Nous approchons de la grande mosquée Ibn Touloun que j'aperçois au loin. C'est la plus vieille mosquée d'Égypte selon les guides. Nous longeons maintenant le mur d'enceinte et soudain, il disparaît par une petite porte. Arrivé devant celle-ci, un panneau indique que l'entrée est interdite. Les touristes nombreux en cette fin de matinée se dirigent vers l'entrée principale. Braver l'interdiction d'entrer dans ma tenue d'Occidental attirerait l'attention et ruinerait le bénéfice de la filature. Je prends donc l'option touristique et pénètre une demi-heure plus tard dans l'édifice. Comme je m'y attendais, je ne revois pas mon homme.

Je me rends compte qu'il devient impératif d'utiliser un indic local pour infiltrer ou réaliser des filatures dans lesquelles la physionomie et la tenue ont une importance capitale. Revenu au bureau, j'ai un message au secrétariat. Anne veut me rencontrer d'urgence. Avant d'aller la voir, ce qui ne sera possible qu'en fin d'après-midi, je demande un rendez-vous avec le chef : Monsieur H.

Je fais le bilan des suspicions et des faits de ces derniers jours pour demander la mise en place d'un infiltré de type Égyptien. La demande est délicate, il n'y a pas de personnage susceptible de collaborer à notre service clandestin. Il faut passer par l'ambassade qui a des relations officielles avec la police et la justice. Le délai pour avoir seulement un accord de principe se compte en jours. Il me faudra en l'absence de « sous-marin » continuer des observations de surface. Dans la soirée, je me rends chez Anne. Elle est paniquée et inquiète pour ma personne, un comble, c'est elle qui est en danger.

Elle me raconte que la famille Mulbek a eu la visite du cousin Ali. Ils ont demandé à Anne de mes nouvelles suite à la destruction du bureau de Port-Saïd. Ils s'interrogent sur mon avenir en Égypte, n'ayant plus de lieu de travail. Anne qui n'était pas au courant de l'incendie, tombe des nues et ne sait pas répondre aux questions à mon sujet. La famille ne sait pas que nous ne vivons pas ensemble, elle le leur apprend. Cela donne du crédit aux ignorances d'Anne qui pour eux ressemblent à de la dissimulation. Anne sent un changement d'attitude à son égard depuis la visite du cousin. Ils ont tenu un long conciliabule avec Tarek tandis qu'Anne terminait son cours avec le jeune Hamed. Elle se doute que demain on lui posera des questions de plus en plus embarrassantes, alors elle s'est permis de me contacter par le biais de l'ambassade qui, gênée, avait informé l'agence.

J'écoute avec attention sans laisser percevoir la moindre inquiétude, puis je m'emploie à la rassurer. Je viens d'inventer une version qui peut tenir au moins un mois. Elle rapportera à la famille Mulbek que je me plais en Égypte, que mon employeur en France me laisse un mois pour décider si je rentre ou non. Si je veux rester ici, alors, il me licenciera. Mes propos ne sont pas aussi rassurants que je l'avais imaginé, elle demeure très inquiète et me demande ce que je veux faire réellement. Sur ce point je joue mon Joker : secret professionnel.

Je passe une mauvaise nuit. Je rêve de « barbus » qui rôdent autour d'Anne, elle me désigne comme étant un indicateur de la police. Il y a des explosions et une voiture essaye de me percuter dans une rue étroite. Je me réveille en sueur à 5 heures du matin. Inutile d'essayer de me rendormir. Je fais un café et assis regardant le café noir dans le bol je tente d'y voir une solution pour clore cette affaire dans laquelle je ne me sens pas à l'aise et pour laquelle j'ai peu de moyens à ma disposition.

L'agence du Caire n'existe pas officiellement. Elle profite de la couverture diplomatique de l'ambassade. Les locaux sont censés être des annexes du secrétariat, le public n'y est pas admis. Monsieur H et le secrétaire sont comme moi des clandestins, mais ils vont rarement sur le terrain. Monsieur H se déplace seulement entre les consulats et ambassades des pays frontaliers. Lorsqu'il va dans des institutions publiques ou privées, il a une couverture passe-partout dont la durée ne dépasse pas la semaine. Son rôle est de capter des indices d'agitation sociale provoqués soit par des services secrets étrangers, soit par les courants islamistes. Il fait remonter ses renseignements par un réseau internet crypté à la DGSE parisienne. C'est dans ce cadre que j'interviens, sur les suspicions d'un réseau financier alimentant les confréries africaines et celles du Moyen-Orient venant de la péninsule arabique.

La lecture du café noir n'a rien révélé, alors tôt, avant l'heure de la première prière, je me mets en route pour la mosquée Ibn Touloun. Pour être moins repérable, je porte une veste à capuche, un pantalon sombre et des chaussures de sport. J'ai une heure de marche pour atteindre la mosquée. La ville est paisible, la circulation quasi inexistante et les rues désertes. Le silence est tel que j'entends le bruit de mes pas sur le bitume. Les chats, nombreux et faméliques terminent leurs virées nocturnes par quelques escarmouches violentes des cris et des miaulements sinistres déchirant la douce quiétude de l'aurore. Il me reste encore du chemin à parcourir lorsque le muezzin appelle à la prière. Trop tard, je ne verrai personne entrer dans l'édifice. Il me faudra attendre la sortie, ce qui finalement n'en sera que plus intéressant, les fidèles sortant tous en même temps j'aurai une vue d'ensemble. L'astuce sera de trouver le meilleur poste d'observation. Je n'ai pas d'objectif particulier, la conjonction du manque de sommeil et de la curiosité m'a inspiré cette promenade matinale. Et puis Inch Allah, si j'ai de la chance je peux découvrir quelque chose.

L'entrée principale, non loin d'un mausolée, un espace me semble propice à une observation discrète. Je m'appuie contre un arbre et attends. Quelques dizaines de minutes plus tard, deux hommes que je vois arriver de loin s'approchent tranquillement. En arrivant à ma hauteur, ils me saluent en Français. Je réponds et c'est alors que l'un d'eux me présente un document dans un porte-cartes. Dans la pénombre je ne peux le lire, mais le drapeau égyptien bien visible suffit à ma compréhension. L'autre homme m'invite à les suivre sans résistance se déclarant de la Sûreté nationale. Au coin de la rue, je suis invité à monter à l'arrière d'une voiture encadré par deux individus. Le chauffeur démarre et prend la direction du nord-est, vers l'aéroport. Quelques minutes plus tard, la voiture s'engouffre dans le parking souterrain d'un immeuble austère de cinq étages. Durant le trajet on ne me demande qu'une chose. — Donnez-nous vos papiers. J'ai donné mon passeport. Il est inutile de poser la question du pourquoi de cette interpellation, je sais déjà que je n'ai pas été arrêté par hasard.

Je suis conduit sans brutalité dans un bureau bien éclairé par une baie vitrée d'où je peux apercevoir le soleil monter à l'horizon. Le bureau est vide, la personne occupant le fauteuil en imitation cuir n'est pas encore arrivée. Il n'est pas encore huit heures, alors on me demande d'attendre assis sur une des deux chaises en face du bureau. Un des hommes qui m'a amené ici monte la garde près de la porte. Je profite du calme de l'attente pour imaginer la suite.

Soit j'ai attiré l'attention de la police par ma présence à 7 heures du matin devant une mosquée pendant la prière, soit je suis entendu suite à l'incendie du bureau de Port-Saïd. Il est impensable que ma couverture soit mise à jour, si c'est le cas, le traitement serait différent. Je ne m'inquiète pas. Je suis malheureusement dans l'erreur.

Un peu après huit heures, la porte s'ouvre sur un homme corpulent portant un costume marron et une cravate beige. Il est caricatural, tout droit sorti d'une BD bien connue des jeunes de 7 à 77 ans dans laquelle des dictateurs de pacotille souvent ventrus et moustachus avancent le ventre en avant, sûrs de leur pouvoir. Ainsi se présente le chef des services du renseignement égyptien. Il me dit bonjour, me serre la main et prend place dans le fauteuil.

— Vous êtes Marc Paloir, citoyen français. Vous avez un visa de travail d'un an et vous travaillez pour une entreprise de travaux publics dont le siège est à Paris avec des succursales en Amérique du Sud, en Asie, en Afrique, et ici à Port-Saïd. Est-ce exact ?

— Oui Monsieur

— Savez-vous pourquoi vous êtes ici ?

— Je n'en ai pas la moindre idée, ou plutôt si. Mais je n'en suis pas sûr. J'attends que vous me le disiez.

— Vous n'avez pas l'air d'être inquiet ?

— Pourquoi le serais-je ?

— Que faisiez-vous ce matin à l'heure de la prière devant la mosquée Ibn Touloun ? Je dis la vérité, ou du moins quelque chose d'approchant. Je raconte mon insomnie et mon envie de me promener en ville au petit matin. J'ai entendu l'appel du muezzin, ce qui m'a guidé vers la mosquée la plus proche. J'attendais la fin de la prière pour repartir avec la foule des fidèles. Mon explication ne soulève pas de doutes apparents de sa part. Il enchaîne avec une autre question que je n'avais pas prévu.

— Vous connaissez l'Amérique du Sud ? Plus particulièrement le Chili ? Une ombre traverse mon cerveau. Que venait faire le Chili dans cet entretien ? La prudence s'élevait soudain en vertu.

— Oui, j'y ai travaillé l'an passé.

La caricature de BD prend un ton solennel et poursuit.

Nous avons reçu un télex de notre consulat à Santiago nous demandant si un couple de ressortissants français serait arrivé en Égypte dans les derniers mois. Le nom de l'homme serait Luis Sunto. Nous avons vérifié au service de l'immigration et à la police des frontières, mais personne n'est entré en Égypte sous ce nom-là. Quelque temps après avoir répondu, nous avons reçu une précision sur ce couple. L'homme aurait été employé par une société Française la SIPTP et la femme menait une enquête sur la dictature de Pinochet. Notre correspondant insistait pour que nous menions des recherches plus approfondies, car ils avaient découvert que nous avions une représentation de cette société chez nous à Port-Saïd. Que dites-vous de cette coïncidence, Monsieur Paloir ?

Ce n'est plus une ombre qui traverse mon cerveau, mais une nuit totale. Il faut réagir vite, avec conviction et gagner du temps. Des années de pratique en clandestinité et des entraînements aux situations de ce type me permettent de ne pas montrer mon désarroi. Par chance ou par prudence, nous avions changé le passeport d'Anne qui n'était plus ma femme et portait à nouveau son vrai nom de jeune fille. Cette situation me permet d'affirmer que je suis célibataire, ce qui pensais-je dédouanera Anne. J'explique ensuite que j'ai en effet travaillé au Chili, dans le désert d'Atacama, j'y suis resté quelque temps pour une mission de très courte durée et qu'à la suite de cet épisode chilien je suis rentré en France. Ce n'est que plus tard que je suis arrivé en Égypte. Pendant mon explication j'ai suffisamment observé mon interlocuteur pour percevoir le degré de crédibilité qu'il accorde à mon propos. Soit il dissimule parfaitement, soit je suis convaincant.

Voyez-vous Monsieur Paloir, je suis prêt à vous croire, car tout ce que vous me dites correspond à ce que nous savons, mais il reste des zones d'ombre. Depuis quelque temps nous vous surveillons. Des événements troublants nous inquiètent. Par exemple : votre bureau à Port-Saïd a brûlé. Vous fréquentez assez régulièrement une Française qui elle aussi a vécu au Chili. Vous avez aussi des liens très éloignés certes, avec des individus égyptiens, qui de notre point de vue ne sont pas très recommandables pour un Européen, et pour ne rien vous cacher ils ne le sont pas non plus pour la stabilité de notre pays. Cela fait beaucoup. Nous sommes en cours de discussion pour prendre des mesures d'expulsion à votre égard. Avant de statuer sur votre sort, je voulais vous rencontrer. Dans l'attente du résultat de cette décision, nous allons vous garder chez nous. En garde à vue en quelque sorte. Votre ambassade sera prévenue. Nous transmettrons également un rapport à nos amis chiliens.

Malgré le sang froid qui me caractérise, je ne peux m'empêcher de montrer un mécontentement justifié par mon innocence. Le gardien de la porte s'avance vers moi et me prenant par le bras me fait sortir de la pièce. Dehors, un deuxième larbin me prend l'autre bras et nous nous dirigeons vers un ascenseur. La porte s'ouvre sur un sous-sol. Des couloirs isolés par des portes fermées à clé se trouvent de part et d'autre. Je suis conduit au bout de l'un de ces couloirs, en passant j'aperçois des séries de portes de chaque côté qui ressemblent à des cellules. Arrivés au bout du couloir, nous débouchons dans un hall aménagé d'une table, quelques chaises et des fauteuils. Au fond, deux portes. L'une d'elles est ouverte et l'on m'y introduit. La porte se referme, j'entends le bruit de la serrure se fermer à double tour.

La pièce, petite, avec une table, une chaise, un lavabo, un seau et un lit de camp. La lumière du néon accentue la blancheur des murs. L'endroit est propre. Je pense que ce genre de cellule doit être réservée aux VIP et aux étrangers.

Allongé sur le lit de camp, je fixe au plafond la lumière blanche du néon. Je me rends compte de la collusion de faits apparaissant soudainement au grand jour. Je suis vexé de ne pas m'être rendu compte des filatures dont j'ai fait l'objet. Le deuxième constat, le plus compromettant, est que la famille Mulbek a connaissance d'une partie du passé d'Anne, cela ne peut venir que d'elle, mais surtout il y a eu des fuites vers la police, or cette famille a des rapports avec les frères musulmans. Y a-t-il une « taupe » des services secrets ? Cela expliquerait bien des choses sur ce qu'ils connaissaient de mes rencontres. Le troisième constat est celui des recherches chiliennes. Pourquoi s'intéressent-ils à moi ? La seule explication ténue serait que les milieux de la police de Santiago soient corrompus par une branche du réseau démantelé et qu'une vendetta soit engagée contre moi. Le seul personnage de cette affaire ayant échappé à la rafle – selon la presse de l'époque est Agusto Puroz. L'administration égyptienne va faire son rapport, lequel laissera planer le doute sur ma présence ici. J'ai l'information, ce qui est essentiel et du temps pour contrer cette menace éventuelle. L'urgence n'est pas là.

À moins d'une intervention de l'ambassade, la probabilité de mon expulsion est forte. L'agence ne bougera pas le petit doigt pour me sortir de ce mauvais pas, la seule chose envisageable, serait une exfiltration depuis l'aéroport une fois passé le contrôle de police. Je pourrais alors être pris en charge par des agents de la grande maison. Si rien ne se passe ici, il y aura un comité d'accueil à Roissy. Le seul point positif de cette interpellation est la confirmation que j'ai bien identifié une organisation internationale dont les frères musulmans sont vraisemblablement une pièce maîtresse. J'arrive même à être positif, si je n'avais pas été arrêté, il est probable que je n'aurais pas obtenu d'autres renseignements, ne pouvant m'infiltrer dans cette mouvance. Si je sors rapidement de ce trou à rat, j'espère avoir le temps de confirmer la justesse de mes soupçons à Monsieur H. Combien de temps me laissera-t-on pour quitter le pays ? Je ne veux pas partir sans avoir revu Anne pour la prévenir du danger que représente la famille Mulbek et celui potentiel des Chiliens. Au milieu de la journée, un gardien m'apporte un repas. Du riz avec deux boulettes de viande et un verre d'eau. Je fais les cent pas dans la pièce pour me décontracter et imaginer une issue si je ne suis pas libéré. Cette hypothèse, la plus sombre parmi celles que je peux imaginer ne conduit qu'à une seule issue. L'évasion, avec les risques associés. Pour que cette hypothèse se réalise, il faudrait qu'ils découvrent ma véritable activité. Je rejette cette éventualité, j'ai eu des filatures, certainement très superficielles sinon je m'en serais aperçu. C'est mon métier. Je ne suis même pas convaincu qu'ils les aient menées, c'est du bluff. Les renseignements qu'ils ont, peuvent venir de la « taupe » infiltrée dans la famille Mulbek ou ses proches. Dans moins de vingt-quatre heures, un avocat sera commis d'office et ma garde à vue levée. Je m'accroche à cette idée.

Le soir venu, on m'apporte un autre repas, puis l'intensité lumineuse est réduite pour que je puisse dormir. C'est une délicate attention, mais je n'ai pas sommeil. Allongé, je finis par sombrer dans un état comateux jusqu'au lever du jour que j'imagine grâce à l'appel muezzin. Après un thé brûlant, j'attends encore quelques heures avant que la porte s'ouvre sur un garde qui m'invite à le suivre. Je reconnais le bureau. Il y a l'homme au costume marron et une autre personne de type européen qui se tient à ses côtés. Après les politesses d'usage, la personne à sa droite se présente comme étant un représentant de l'ambassade de France. Un éclair réveille mon cerveau encore comateux. Le directeur prend la parole :

Nous avons étudié votre cas en haut lieu. Nous n'avons pas de griefs particuliers à vous reprocher, cependant, en accord avec votre ambassade, il nous semble préférable que vous quittiez notre territoire sous trois jours. Ce délai exceptionnel négocié avec votre administration doit vous permettre de partir dans de bonnes conditions. Voici votre passeport avec une modification du visa. Quelques minutes plus tard, nous sommes dans un véhicule de l'ambassade vers laquelle nous nous dirigeons pour un débriefing. Au cours de celui-ci j'apprends par Monsieur H que les services de sécurité ont des doutes sur ma véritable identité. Ils pensent que je suis celui que les Chiliens recherchent, alors pour ne pas avoir de complications avec eux ils préfèrent que je quitte le sol égyptien. Par la suite je rencontre Monsieur H pour lui confirmer l'existence du réseau islamiste. Je précise ma pensée en évoquant un financement possible venant du Qatar et transitant par la boutique du marchand de tapis. Monsieur H me remercie, malgré l'abandon de ma mission. Il confirme que je serais pris en charge sur le vol de retour par des agents de la DGSE. Après avoir pris congé, je rentre chez moi, il est 14 heures, j'ai besoin de dormir.

Chapitre III

J'ai le sentiment de sortir d'un mauvais rêve lorsque je me réveille en fin d'après-midi. La réalité remonte à la surface en voyant mon passeport sur la table. Plus que deux jours et demi pour quitter ce pays et Anne. Le billet d'avion sera disponible le lendemain matin à l'ambassade, pour l'instant je dois aller la voir, il y a trois jours que nous ne nous sommes pas vus, et depuis, la tournure des événements a considérablement changé.

Lorsqu'elle ouvre la porte, son attitude me révèle que je dois faire une drôle de tête. Aussitôt elle me fait asseoir et me demande ce qui ne va pas. Brutalement je lui annonce que je quitte définitivement le pays dans deux jours. Elle ouvre la bouche, écarquille ses jolis yeux, et n'émet aucun son. Elle se laisse aller en arrière dans le fauteuil en levant les yeux au plafond. Profitant de la confusion, je lui raconte mon arrestation, les questions qui m'ont été posées, ma garde à vue et pour finir la sentence et la raison de celle-ci. La première phrase qu'elle put exprimer :

— Que vais-je devenir ici ?

Le sentiment de culpabilité de l'avoir rencontrée me reprend soudainement. Elle vient d'évoquer encore une fois combien elle est attachée à ma personne. Je chasse cette émotion de ma tête afin de reprendre une discussion objective sur notre avenir proche.

— Indépendamment de la solitude que je comprends, tu vas réussir t'en tirer avec la famille Mulbek, tu diras que suite à l'incendie du bureau de ma société j'ai dû rentrer en France. Ce ne sera pas complètement faux, et normalement tu n'auras plus de questions embarrassantes à mon sujet. Si tu ne trouves plus d'intérêt à vivre ici, tu peux toujours retourner à Bordeaux, ta famille sera certainement heureuse de te retrouver.

Malgré ces paroles que je crois rassurantes, Anne est accablée, sans force. Un avenir chimérique auquel elle croyait pouvoir s'accrocher vient de disparaître comme un château de sable balayé par une vague. Elle devient une naufragée dans un univers hostile et incompréhensible. Nous grignotons sans faim des restes trouvés dans le réfrigérateur et je prends congé. Nous avons malgré tout décidé d'aller passer un moment ensemble dans un restaurant du centre-ville le lendemain.

* **

L'atmosphère est lourde, orageuse ce vendredi matin. La radio annonce des manifestations sur la place Tahrir. Les revendications portent sur le prix des produits de première nécessité. Le sucre, le beurre et l'huile coûtent de plus en plus cher. Les opposants au président organisent sporadiquement des rassemblements dans lesquels les frères musulmans s'infiltrent pour échauffer les esprits et haranguer la foule.

Avant de retrouver Anne à la station de métro Saad Zaghloul, je passe à l'ambassade récupérer mon billet d'avion. Dans l'après-midi j'irai résilier mon bail de location. Il est onze heures lorsque je rejoins Anne devant les escaliers de la station. Il y a foule, nous avons du mal à atteindre le quai. Lorsque le métro arrive, je laisse Anne monter malgré la bousculade qui pousse les personnes vers les wagons. Je m'apprête à entrer à mon tour lorsqu'il m'est signifié à grands gestes que ce wagon est réservé aux femmes. Avec la cohue, je n'ai pas prêté attention à ce détail que pourtant je connais. En effet les hommes se précipitent vers le wagon suivant. Lorsque j'arrive devant la porte, il est trop tard, le train vient de s'ébranler. Je prendrais le train suivant, espérant qu'Anne ait la bonne idée de descendre à la prochaine station pour m'attendre.

Le train suivant ne vient pas. Les gens parlent fort, s'impatientent, gesticulent, la foule est de plus en plus compacte. Soudain dans un haut-parleur une voix nasillarde donne une information que je ne comprends pas. C'est une mauvaise nouvelle à en croire le comportement de la foule excitée et hurlante. Des policiers viennent d'arriver et tentent de canaliser les passagers vers les sorties. Après avoir rejoint l'air libre, je demande aux passants ce qu'il se passe. C'est à cet instant que j'apprends qu'il vient d'y avoir un attentat à la station suivante, ce qui a eu pour conséquences le bouclage de tout le quartier ainsi que les stations alentour. Une décharge d'adrénaline parcourt mon corps, Anne a dû descendre à cette station. Je me mets à la recherche d'un taxi pour me rapprocher du lieu de l'attentat. La police interdit l'accès dans un large périmètre, je vois des ambulances et des camions de pompier converger vers ce qui semble être l'épicentre de la catastrophe. Impossible d'en savoir plus, attendre ici serait vain. Si Anne est indemne, elle rentrera aussitôt chez elle. C'est là-bas que je dois l'attendre. Je repasse par mon appartement, allume la télévision et regarde les différentes chaînes qui passent en boucle les mêmes images montrant des personnes affolées et en pleurs recherchant qui un ami, qui un parent ou un mari. Les commentateurs font état de plusieurs dizaines de victimes et d'une centaine de blessés. J'attends plusieurs heures inquiet, puis je me rends chez Anne. N'ayant pas la clé, je me mets à attendre dans le hall de l'immeuble assis sur une marche d'escalier. La nuit est tombée et Anne n'est pas réapparue. Mon inquiétude augmente proportionnellement aux heures qui passent. Vers dix heures du soir, abattu je rentre chez moi. Le seul espoir qui reste est qu'elle soit retenue par la police pour témoigner. Il ne se passera plus rien avant demain.

Il y a beaucoup d'agitation à l'ambassade, exceptionnellement l'accueil est ouvert ce samedi matin. Une dizaine de personnes attendent leur tour pour accéder au bureau délivrant des informations liées à l'attentat. Quelques ressortissants français ainsi que des Égyptiens échangent le peu d'informations qui a filtré dans la presse.

Dans leurs propos, les rumeurs les plus alarmistes côtoient les analyses et les commentaires les plus insensés. Ce qui ressort et semble exact, c'est qu'il y a des blessés et un mort de nationalité française. Après une attente difficile, j'accède au comptoir des renseignements. À l'énoncé du nom et du prénom d'Anne, il n'est pas possible de savoir si elle fait partie des victimes. Les blessés sont identifiés, elle n'en fait pas partie. La personne décédée étant difficilement identifiable, il faudra attendre plusieurs jours pour connaître son identité.

Je repars en état de choc. Je retourne chez Anne. Personne, les voisins ne l'ont pas revue depuis la veille au matin. Je prends un bus et me rends place Tahrir pour tenter d'approcher la bouche de métro. Bien entendu, l'accès est interdit, mais j'ai un besoin irrationnel de voir cet endroit. Je médite, marchant au hasard me mêlant à la foule qui comme moi, veut approcher. Curiosité morbide ou besoin de matérialiser la mort d'un être cher ? Si le destin n'était pas intervenu, je serais moi aussi blessé ou mort. Voilà que je me mets à croire au destin, moi qui suis d'un athéisme chronique. Non il n'y a là que du hasard, une combinaison d'événements isolés, s'enchaînant ou se superposant les uns aux autres pour aboutir à un point de sublimation mortel. Le temps passe et j'occulte l'approche de mon départ. Cette échéance est inenvisageable tant que je ne saurai pas ce qu'il est advenu d'Anne. Une fois encore je culpabilise. Mais pour la première fois, je ne me trouve pas de circonstances atténuantes. Cela devient obsessionnel et annihile mes facultés rationnelles et cartésiennes.

Ma carapace professionnelle se fissure au fil des heures. Je prends la direction d'un café, mange sans appétit un kebab en regardant un écran de TV montrant encore des images de grilles tordues, de murs noircis par le feu, des murs en béton lézardés et le sol jonché de débris disparates. Le cameraman n'a pas résisté à l'envie de filmer des traces de sang. Peut-être celui d'Anne ? C'est insupportable. Le nombre de morts a évolué, il s'élève à 20.

Après une bière et trois cafés turcs, je rentre chez moi. Normalement, je devais en cette fin d'après-midi résilier le bail de location de mon appartement. Je n'en fais rien. Il y a longtemps que je n'avais pas bu de whisky. Avachi sur le canapé du salon, le regard perdu vers les immeubles voisins que j'aperçois par la baie vitrée, je prends plusieurs verres jusqu'à m'assoupir dans des limbes maltées.

Le lendemain est le jour de mon départ. En dépit des ennuis qui, inévitablement vont survenir, je décide de ne pas partir. La nuit a été mauvaise conseillère, au réveil j'ai pris une nouvelle orientation. La clandestinité. Pas celle imposée par les services secrets, non, une vraie clandestinité, sans papiers réglementaires, sans travail, sans contraintes, avec une liberté totale, mais une vigilance de tous les instants. C'est la rédemption logique que je m'impose si Anne ne revient pas. À cet instant, je n'ai pas suffisamment de conscience pour me rendre compte que je serai prisonnier de ma propre liberté ainsi que de ce pays pour lequel je n'ai pas d'affinité particulière.

Je ne peux pas rester dans l'appartement, c'est le premier endroit où l'on me cherchera. Alors, je me rends chez le loueur, lui raconte un bobard en disant que je dois partir d'urgence en France. Une heure plus tard, je suis à la rue, mes bagages dans un taxi. Celui-ci me dépose dans le quartier Copte à cinq kilomètres de la place Tahrir. Là je cherche un hôtel modeste et discret. L'hôtel Aloun n'accueille pas beaucoup de touristes européens. Les clients sont Libanais, Turcs, Syriens, Irakiens ou Indonésiens. Le confort y est acceptable, le personnel agréable ne semble pas sectaire vis-à-vis de mon origine. Pour brouiller les pistes de la police, je m'enregistre sous ma véritable identité : Alex Durion avec mon vrai passeport précieusement conservé depuis des années, mais sans visa égyptien. Cela n'attire pas l'attention de l'employé de la réception.

**

Une semaine plus tard, Anne n'est pas réapparue. Je dois me persuader qu'elle est morte dans l'attentat. Un pan de ma vie vient de s'effacer à jamais. Je ne suis plus l'agent secret intrépide, curieux, aventurier, insouciant. Je ne suis plus rien. Un homme sans avenir, sans papier, vivant de revenus qui ne seront pas inépuisables. Un homme vivant en se cachant, une ombre du passé. Je l'ai voulu ainsi.

« Stranger in the night » chantait Sinatra, oui, c'est ça, je suis un inconnu dans la nuit égyptienne. La nuit me permet d'échapper aux fantômes qui me hantent. L'alcool devient un allié, un compagnon des soirées passées dans les bars des grands hôtels fréquentés par les businessmen, les prostituées, les désœuvrés, les marchands d'armes et de drogues. Ce monde de la nuit je le connais sans l'avoir jamais pénétré, je l'ai seulement côtoyé sans m'immerger dans ses eaux troubles et dangereuses. La faune nocturne de ces endroits de débauche est un monde de requins, ou de prédateur où l'on devient facilement une proie. La chute irréversible, soudaine, dépend d'une rencontre.

Depuis deux semaines, dormant une partie du jour et festoyant la nuit, je commence à me lasser de cette vie de patachon ne menant qu'à la ruine de l'âme et du corps. Je ne peux plus rentrer en France de manière légale, il ne reste que des moyens compliqués et risqués que j'envisage parfois lors d'une crise de nostalgie. Lors de ces moments de vague à l'âme je revois Le Sablas, la maison de mon enfance dans le Sud-Ouest, une bâtisse en pierres, isolée au milieu des vignes. Au printemps, une légère brise dissipe l'odeur délicieusement enivrante du tilleul centenaire et au cœur de l'été elle rafraîchit l'atmosphère silencieuse. Je me rappelle, assis sur le banc de bois, à l'ombre, la paisible et paresseuse flânerie du regard, sur les rangs bien ordonnés de la vigne, la contemplation lascive du bonheur, ne rien faire dans cette maison aux odeurs de vieux meubles et d'encaustique. Elle aussi est habitée de fantômes, ceux de mes parents disparus, emportés par l'écoulement inexorable du temps.

Chapitre IV

Sacha Slinof n'en est pas à une soirée de beuverie prés. Ce soir-là, il a abusé de cognac. Il le regrette, cette boisson lui convient moins bien que sa chère vodka. Ainsi s'ajoute à l'ivresse habituelle, une violente migraine. Pourtant Sacha est un costaud! En Russie ils l'appellent « le Moujik », le paysan. Il est bâti comme un bûcheron de l'Altaï, champion de judo, le crâne rasé, mais doux comme un agneau quand il est à jeun. Il est en Égypte pour représenter une société russe d'import/export. Il ne fréquente que les hôtels de luxe, professionnalisme oblige, vend du caviar, des œufs de saumon, des poissons fumés, de la vodka et d'autres denrées exotiques méconnues en Égypte. Si l'occasion se présente, il peut aussi trafiquer d'autres produits de luxe, son carnet d'adresses est impressionnant. Les chaînes hôtelières le connaissent bien, il est reçu dans les milieux du luxe et…de la luxure. Il voyage aussi en Extrême-Orient et en Chine, c'est un globe-trotter du business.

Ce soir, ses compagnons de bar ont tendance à l'agacer, et il ne faut pas contrarier Sacha lorsqu'il a bu. Avant de déclencher un cataclysme, dans un instant de lucidité, il décide d'aller se coucher. Il quitte le bar, pousse la porte donnant sur le hall, qu'un homme s'apprêtait à ouvrir. Sacha étant passablement éméché, ouvre la porte d'un geste brutal et percute violemment l'homme qui voulait entrer. Celui-ci se trouve projeté en arrière un peu sonné. Sacha n'a rien remarqué, mais une main ferme le prend par l'épaule. Il se retourne et l'homme lui demande poliment de bien vouloir s'excuser. D'un revers de bras, il tente de repousser l'individu. Il n'a pas le temps de terminer son geste, il est déséquilibré et plaqué au sol. Cela n'a duré que quelques dixièmes de seconde. Sacha n'en revient pas, l'homme qui lui a fait un tel coup, à lui, le champion de judo, mérite le respect. Le choc a quelque peu dissipé les vapeurs de cognac, il lève la tête, regarde l'homme debout au-dessus de lui et dit :

— Bravo !!! Pour ce joli coup. Je vous prie de m'excuser pour la porte. L'homme lui tend la main et l'aide à se relever.

— Je suis Sacha Slinof, à qui ai-je l'honneur ?

— Marc Brulier. J'espère ne pas vous avoir blessé.

— Non, ne vous en faites pas pour moi, je suis dur au mal, et pour ne rien vous cacher, j'ai un peu abusé de la boisson ce soir, alors je suis un peu brutal en ouvrant les portes. Mais dites-moi, où avez-vous appris à vous défendre ?

— Oh ! J'ai fait un peu de sport de combat étant jeune.

— Venez, je vous offre un verre, entre sportifs on doit trinquer !

Je n'ai presque rien bu ce soir, alors je suit Sacha qui rouvre la porte capitonnée du bar, lentement, tout en m'adressant un clin d'œil amusé.

Sitôt entré, ses compagnons de boisson lui font signe de les rejoindre dans le carré VIP, son geste de désapprobation n'appelle pas la contestation. Assis sur les tabourets du bar, accoudés au comptoir, Sacha commande deux vodkas glacées. Après avoir trinqué et englouti cul sec la sienne, il en vint aux questionnements d'usage en pareille circonstance.

— D'où viens-tu ? Tu n'as pas l'accent British ?

Je suis Français, je travaille dans les travaux publics, et ma boîte a fermé, je suis sans emploi, depuis il m'arrive de me saouler pour oublier. Le fait que je puisse me saouler renforce notre amitié récente. Sacha, très volubile, parle de lui, de la Russie et de son travail. Il a eu deux femmes et de nombreux enfants. La dernière l'a quitté le mois dernier, il justifie le fait qu'il boive par cet accident familial. Cela ne trompe personne, Sacha perpétue l'image souvent galvaudée, mais pourtant réelle du russe alcoolique.

Je parle peu, laissant Sacha se dévoiler. Sous l'emprise de l'alcool, j'espère qu'il me révélera des histoires rocambolesques. Pendant ce temps, j'en oublie ma situation. Les anecdotes sur les lounges des grands hôtels ne manquent pas, à chaque fois l'histoire se termine par des scènes de cul et quelques fois par des partouzes. C'est au cours de l'une d'elles qu'il me dit avoir sniffé de la cocaïne et me demande alors si j'ai déjà essayé. Il ne se doute pas que j'en ai vu passer des centaines de kilos dans des sacs de lithium. Par curiosité je demande où il se l'est procuré. Ici, au Caire me dit-il. Je n'en consomme que de façon exceptionnelle, me dit-il pour me rassurer, d'ailleurs je n'en ai plus, et si une orgie se présente ce serait dommage de rater ces moments d'extase suprême au milieu de filles exigeantes.

— Davaï [3] – dit-il. En tendant son verre au barman. Prenons un autre verre.

Cette fois-ci, c'est à mon tour selon la tradition russe de faire cul sec. De vodkas en confidences, de confidences en vodkas, J'apprends qu'il lui arrive de vendre des diamants sous le manteau. La Russie possède quelques gisements et le marché noir autour de cette pierre est florissant. Je me rappelle, lors de ma mission là-bas avoir été contacté pour en acheter à des prix compétitifs. Je livre moi aussi quelques pans de ma vie, et parle de l'Amérique latine et du Chili.

---

[3] *Employé familièrement pour indiquer une action* : *Allons !!! (ici, boire).*

Le lounge va fermer, Sacha me propose un rendez-vous le lendemain en fin d'après-midi dans un super marché du quartier d'Héliopolis au Nord Est du centre-ville. Il ne donne pas la raison, mais me fait comprendre que cela pourrait m'être utile.

En rentrant, dans les rues désertes du milieu de la nuit, je pense à mon nouvel ami de comptoir. Un homme excentrique qui sous couvert d'un job de VRP cache certainement d'autres activités peu recommandables. Au point où j'en suis, et toujours dans cette quête de liberté absolue, je ne m'interdis pas sa compagnie. Je suis déjà dans la clandestinité, alors, pourquoi ne pas en profiter pour braver les interdits et la morale, et puis je me sens moins seul. C'est ainsi que le lendemain je suis assis dans la galerie marchande d'un super marché de la banlieue du Caire.

Je vois Sacha arriver de loin, il se remarque facilement, il n'a pas vraiment le look égyptien. Il est accompagné de deux hommes de type méditerranéen, style libanais, turc ou grec. Arrivé à ma hauteur, Sacha me salue et me présente Andréas et Yaoub. Andréas est Grec et Yaoub Libanais. Sacha prend la parole :

Je connais Marc depuis peu, mais il m'inspire confiance. Il a, comme je vous le disais au téléphone, des difficultés financières. J'ai pensé que vous pourriez l'aider, surtout Andréas. Il n'est au courant de rien pour l'instant. Je dois m'entretenir avec Yaoub quelques minutes, nous allons boire un café, je vous laisse tous les deux pour faire connaissance.

C'est ainsi que je fais connaissance avec Andréas. Lui aussi fait de l'import/export avec l'Égypte, la Grèce et le Moyen-Orient. Son activité concerne des produits alimentaires, dates, huiles d'olive, fruits et légumes et produits laitiers. Après avoir échangé quelques banalités me concernant, il me propose un travail officiel. Organiser une extension de sa société à Chypre. Avoir un bureau et un entrepôt dans la zone portuaire de Larnaca pour commercer avec le proche Orient.

Je ne m'attends pas à quelque chose d'honnête, il remarque mon étonnement. Je fais mine de m'intéresser à son projet dont il me donne plus de détails. Je dois m'installer sur l'île de Chypre, trouver des locaux commerciaux, recruter du personnel pour le secrétariat et la manutention, et je deviens le directeur local de cette structure.

Ma première réaction de méfiance est : pourquoi traiter avec moi qui, il y a quelques minutes étais un parfait inconnu ? La deuxième est : qu'y a-t-il derrière cette couverture, car c'est bien connu, dans mon ancien métier, nous avions beaucoup de doutes derrière les sociétés dites « import/export » souvent prétexte à des trafics en tout genre. Si je vois juste, il cherche un type habitué aux pays étrangers aux abois, et prêt à tout pour sortir de l'ornière. Pour lui, je corresponds à ce qu'il cherche. Il y a un détail qu'il ignore, je ne peux légalement pas sortir du pays. Pour confirmer mon analyse, je pose la question :

—Je suis de nature curieuse, alors j'aimerais savoir pourquoi vous misez sur moi, alors que vous ne me connaissez pas ?

— C'est vrai, seul Sacha vous connaît, il a un bon feeling avec vous, mais ce n'est pas une raison suffisante. Ni Yaoub, ni moi, ne pouvons, pour des raisons compliquées faire des affaires directement avec Chypre. Le siège de ma société est à Athènes, nous souhaitons monter une société-écran à Larnaca. Nous pourrons faire nos affaires grâce à cette implantation. Larnaca est un lieu stratégique, car l'aéroport et le port sont proches de la zone frontalière avec la Turquie. Il se trouve que cette frontière n'est pas étanche au commerce, si vous voyez ce que je veux dire. De plus, d'après Sacha, beaucoup de Russes, des touristes et des hommes d'affaires viennent et s'établissent à Chypre, les uns pour le soleil et les plages, les autres pour les exonérations de taxes. Il y a donc un gros potentiel commercial en vue. Alors vous, vous pouvez être l'homme idéal, vous êtes Français, ce qui est un atout, vous parlez plusieurs langues, vous avez baroudé de par le monde, et vous êtes dans une mauvaise passe ici.

Yaoub et Sacha réapparaissent, Sacha s'enquiert de la négociation.

— Que penses-tu de la proposition d'Andreas ? Une belle opportunité non ?

— Oui, ce n'est pas inintéressant, mais laissez-moi réfléchir avant de vous donner mon accord.

—Que fais-tu ce soir ? Demande Sacha.

— Rien, à part traîner dans les bars.

— Alors, rendez-vous au Marriott, je t'invite à dîner. Viens à 20 heures et fais-moi demander à la réception.

Je remercie et salue les deux autres qui partent.

Sur le chemin du retour, une phrase tourne dans ma tête : Sacha est Russe et connaît beaucoup de monde. Si je fais le lien avec ses relations Russo-Egyptiennes, je peux comprendre comment tout ce petit monde en connaît autant sur moi. Je compte beaucoup sur le dîner pour en découvrir davantage sur Sacha.

* **

À Paris, le bureau des légendes est inquiet. Personne du nom de Marc Paloir n'a embarqué sur le vol Egypt Air vers Roissy. Il est rare qu'un clandestin expulsé ne rejoigne pas la France. Renseignements pris auprès de l'agence du Caire, il a quitté son logement, et personne ne l'a revu. Il n'y a que deux hypothèses. Soit il fait partie des victimes non encore identifiées de l'attentat du métro, soit il est encore en Égypte. Sur cette dernière hypothèse, une question se pose : pourquoi ?

L'agence a indiqué la mort probable de sa compagne, Anne Dufi. Le responsable n'exclut pas que Marc Paloir ait été en sa compagnie au moment de l'attentat, auquel cas il a pu périr avec elle. Ce sera difficile à vérifier, car la puissance de la bombe a déchiqueté plusieurs personnes rendant l'identification très difficile pour les autorités égyptiennes. Le bilan définitif annonce 20 morts, dont 5 non identifiables.

S'il n'a pas péri dans l'attentat, il est envisageable qu'il ait été éliminé, soit par les islamistes, soit par les services égyptiens. Et enfin, si toutes ces hypothèses sont fausses, il est dans la nature. Ce cas est particulièrement préoccupant pour la DGSE, elle ne peut laisser un de ses agents hors contrôle. Cela peut être considéré comme une désertion, donc, neutralisation.

La décision est prise d'envoyer quelqu'un au Caire pour retrouver la trace de Marc Brulier.

* **

L'hôtel Marriott, un bâtiment couleur oranger de 19 étages se reflète dans le miroir sombre des eaux du Nil. À la réception, je demande Monsieur Sacha Slinof. On m'invite à prendre place dans un fauteuil crapaud de la salle jouxtant la réception. À peine installé, un serveur me présente un cocktail multicolore de la part de Monsieur Slinof.

Que cherche Sacha en déployant autant de générosité et d'attention à mon égard ? Que j'adhère aux projets d'Andréas, ou bien y a-t-il autre chose de peut-être plus stratégique pour lui ?

J'en suis là de mes pensées, mon cocktail n'est pas terminé et Sacha apparaît, souriant, décontracté. Il a soigné sa tenue, pantalon beige, chemise blanche et veste bleu marine. Il s'assoit en face de moi et commande la même chose au serveur qui s'empresse de nous servir.

— On se connaît à peine, dit Sacha, et voilà que nous sommes presque des amis, et tout ça à cause d'une porte que je t'ai envoyée dans le nez. Le hasard est parfois extraordinaire. Tu ne trouves pas ?

— Oui, en effet, d'ailleurs avant que tu n'arrives, je me posais ce genre de question, notamment, ce que nous pouvions toi et moi tirer de ce hasard ?

— Pour commencer, allons aller dîner.

Il se lève emportant son cocktail. Je le suis vers la magnifique salle de restaurant.

Confortablement installé dans un endroit discret de la salle, j'attends que Sacha entame la conversation, après tout, c'est un peu lui, le maître du jeu ce soir.

— Marc, as-tu la moindre idée de la raison de mon invitation ? Le décor est planté, il va droit au but, ça me plaît. Mais je reste méfiant, j'en ai vu d'autres.

— J'ai deux ou trois idées sur le sujet, répondis-je.

— Bien, je doute que tu tapes dans le mille. J'ai au moins trois raisons de t'inviter à ma table. La première, tu m'es sympathique, la deuxième, tu peux rendre service à mon ami Andréas, la troisième, la plus importante est un mélange de mise en garde et un besoin d'éclaircissement pour moi. J'avais vu juste pour les projets d'Adréas. Pour la sympathie, je la ressentais surtout comme un écran cachant autre chose. Sur la troisième raison, je n'avais pas d'idées précises.

— Je vais être direct avec toi Marc : il est probable qu'il y ait un contrat sur ta tête. Je feins la surprise absolue, mais des éléments de l'interrogatoire de la police me reviennent en mémoire. Les Chiliens sont à ma recherche. Quels liens ont-ils avec Sacha ? Observant mon attitude, Sacha poursuivit :

— Hier, je me suis longuement entretenu avec Yaoub. C'est mon fournisseur de coke, juste pour ma consommation personnelle. Il m'a demandé qui tu es. J'ai dit ce que je sais de toi, et il a été très surpris en apprenant ton séjour au Chili, et ton travail dans une entreprise de travaux publics. Il connaît des Chiliens trafiquants de drogue, qui lui ont appris que le principal réseau vers le Mexique avait été démantelé grâce ou à cause d'un type qui se faisait passer pour un employé d'une société de TP et qui avait subitement disparu en compagnie d'une jeune Française. Ils le recherchent pour lui régler son compte. Ton pedigree a mis la puce à l'oreille de Yaoub. Comprends-moi, je me pose aussi des questions.

Le choc est violent, mais pas mortel, je dois pouvoir m'en tirer facilement, Sacha n'a pas l'habileté intellectuelle d'un agent secret, il est malin et un peu mafieux, sans plus.

— Voyons, Sacha, comment peux-tu imaginer que je sois un chasseur de trafiquant ? Crois-tu que si c'était le cas, je serais avec toi ce soir ? Crois-tu que j'irais me compromettre avec un Grec que je ne connais pas pour trouver du boulot ?

— D'accord, Marc, mais quelque chose est étrange, tu corresponds au type en question. Si tu es vraiment ce type, tu n'es pas un employé des TP, mais un agent secret français. Ce que j'ai du mal à croire. Si c'est la vérité, nous sommes en danger tous les deux. Toi par les Chiliens et moi parce que je suis là avec toi.

Il est temps de sortir ma botte secrète, celle dont je n'aurais pas imaginé qu'elle me sauverait la mise, car je la considérais plutôt comme un handicap.

— Sacha, je vais te prouver que je ne suis pas celui que tu imagines, c'est du délire ! Je crois que tu vas être surpris. Je prends mon passeport dans la poche de ma veste, le tends à Sacha ouvert à la page du visa et lui dis :

— Tu ne sais pas tout sur moi, et je ne t'ai pas tout dit. Mon visa est périmé depuis quelque temps déjà. Les raisons pour lesquelles je suis encore ici sont d'ordre professionnel et sentimental. Je vais t'expliquer.

Sacha tourne les pages du passeport et essaye de comprendre. Visiblement je viens de créer le trouble dans ses certitudes.

— Lorsque le bureau de ma société a brûlé à Port-Saïd, j'ai été licencié et la société n'a plus voulu travailler pour l'Égypte. La police m'a convoqué pour les besoins de l'enquête. Ils ont su que je n'avais plus de travail ici, alors ils ont raccourci mon visa de travail. Je devais partir sous trois jours. Seulement il y a eu l'attentat dans le métro, il se trouve qu'un ami très cher a été porté disparu, ils n'ont pas pu l'identifier, il fallait attendre au moins une semaine. Alors, j'ai attendu. Je ne voulais pas partir sans savoir. C'est à partir de là que j'ai fréquenté les bars et que je suis devenu clandestin. Avant de venir ce soir, j'ai pris la décision de quitter le pays de manière illicite, cela me paraît assez facile. Tu vois, tes théories sont fausses et tes craintes infondées.

Sacha a refermé le passeport et fixe les couverts en argent tout en m'écoutant. Il n'a, à aucun moment levé la tête vers moi. Je viens de remporter une manche décisive. Quand il reprend la parole, le ton de sa voix a changé. Il y a de la compassion dans son regard quand il relève les yeux.

—Désolé Marc, je suis confus, je mettrais les choses au point avec Yaoub. Mais cela veut dire que tu ne peux pas donner ton accord à Andréas ? Que lui as-tu dit ?

—Je n'ai pas donné de réponse. Je m'attendais à ce que nous en reparlions tous les deux.

—Je n'ai pas de solution à ton problème de visa. C'est très dangereux, si tu te fais contrôler tu vas directement en prison et tu seras accusé d'espionnage, et cette fois ce sera pour de bon.

J'ai soudain le sentiment de m'enliser, j'ai envie de partir, de tout laisser en plan, Sacha et les autres. Je ne veux pas être dépendant de ce type-là. Je me suis mis dans le pétrin, je dois en sortir seul, par n'importe quel moyen. Il ne reste qu'à conclure la soirée au plus vite.

— Je vais réfléchir – dit Sacha – il doit y avoir une solution. Je connais beaucoup de beau monde ici.

— Je te remercie Sacha, mais je vais régler ça tout seul. Allez, trinquons.

Malgré les tentatives réciproques pour oublier ma situation délicate, l'attitude joviale de mon hôte a disparu. Nous faisons semblant de rire et de plaisanter. Je n'attends qu'une chose : quitter cet endroit où tout n'est qu'hypocrisie, convenances, et faux semblants.

Nous quittons l'établissement sans passer par le bar, signe fort qu'il y a un souci majeur. Sacha me fait une proposition : attendre trois jours, si je suis encore ici, il souhaite que l'on se revoie au centre commercial à 20 heures. J'accepte le rendez-vous et je rentre à l'hôtel.

Il n'y a que deux choix pour quitter le pays : par la mer ou le désert. Les deux sont hostiles, éprouvants et compliqués à mettre en œuvre seul. Dans le premier cas, il faut trouver un bateau pour parcourir 380 kilomètres de mer avant d'atteindre la côte la plus proche : La Crète. Dans le cas du désert, il faut franchir le Sinaï et passer en Jordanie. Il est plus simple d'arriver en crête sans visa, on est en Europe, un passeport en cours de validité suffit pour regagner la France. La difficulté, c'est de trouver un bateau avec un skipper qui accepte la traversée, avec un individu suspect sans papiers.

À la réflexion, c'est la meilleure solution. Je ne dois pas m'attarder ici, la DGSE, après quelques jours d'attente, va analyser la situation et dépêcher un agent à ma recherche. Je dois être le plus rapide. J'ai trois jours depuis Port-Saïd, où Alexandrie pour trouver un bateau.

Chapitre V

En visitant le port et les rades à l'entrée du canal, je vois qu'il n'est pas possible de trouver ce que je cherche, le secteur est trop industriel et commercial. Aucune chance de trouver un voilier ou un bateau de pêche.

Après une demi-journée de bus, j'arrive à Alexandrie. Je fais à pied le front de mer, jusqu'à Ras At Tin, un quartier ouest de la ville. Il y a un joli port dans une anse bien abritée. Beaucoup de bateaux sont à l'ancre ou à quai, c'est le début de l'hiver, peu de monde, les pontons sont déserts, les bateaux bâchés. Ce sera difficile de lier la conversation avec un quidam susceptible de marcher dans ma combine. Je m'accorde une journée et une nuit pour trouver la perle rare. L'idéal serait un bateau de pêche.

La location d'une chambre sur le port me permet d'être le matin un peu avant le lever du jour sur les quais en quête d'un pêcheur. Il n'y a pas beaucoup d'activité. Le port de pêche est petit par rapport à celui de la plaisance. Une petite dizaine de bateaux seulement pourraient m'intéresser, soit par leur taille, soit pour leur activité matinale.

J'en repère un avec trois hommes à bord s'activant pour le départ.

C'est un petit chalutier capable d'affronter la haute mer. J'ai préparé mon histoire qui consiste à demander un service contre mille euros. C'est une somme qui devrait convaincre et dissiper les soupçons d'un passage clandestin. Je m'approche et demande le capitaine. La méfiance de mon interlocuteur est perceptible, mais il appelle un des marins qui répond au prénom d'Hamed. C'est un homme grand, costaud, coiffé d'un bonnet de laine beige et vêtu d'un ciré vert-de-gris. Je l'entraîne un peu à l'écart et lui propose le marché. Il soulève son bonnet, se gratte le crâne, remet le bonnet et me dit qu'il va appeler la police. Je tente de l'en dissuader en lui expliquant que je ne suis pas un bandit, mais un Français qui a des ennuis et ne veut pas passer par un poste-frontière égyptien. Je lui demande ce qu'il va gagner en allant à la police : de la reconnaissance ? Sûrement pas, une récompense, encore moins. Alors qu'avec moi, il a mille euros cash dans la poche. À l'argument qu'il me présente, « que va-t-il dire à ces deux marins », je comprends que j'ai marqué un point. Il part, disparaît dans la cabine pendant quelques minutes et revient vers moi. Je vois tout de suite que les mille euros ont fait leur chemin. Il me dit que ce n'est pas envisageable aujourd'hui, mais que dans trois jours, il y aura une nuit sans lune, ce sera possible, mais sans ses hommes d'équipage. Je remercie donne mon accord et lui glisse cent euros dans la main en guise d'acompte. Le rendez-vous est pris pour le mardi à 23 heures. Il dit pouvoir accoster au plus tard vers sept heures du matin si la mer est belle à un endroit sauvage de la côte Crétoise. Il précise qu'il faut prévoir un sac étanche, car il faudra certainement nager une centaine de mètres avant de toucher terre. Je demande un numéro de téléphone au cas où j'aurais un contretemps. Il me donne son numéro, demandant d'appeler au plus tard à midi.

Au lever du jour, j'attends le bus de retour vers Le Caire à une terrasse de café. Ce faisant, je pense que la nature humaine est complexe, cependant il y a une constance chez tous les hommes. Chacun à son prix. Vous, moi, que serions-nous prêts à accomplir pour de l'argent ? Beaucoup d'argent. Par réflexe, chacun refuse, mais, selon la somme, le poison vénal s'infiltre, il creuse des failles dans la morale, la rigueur et l'honnêteté. Une des armes de l'agent secret, est de déceler les failles de la carapace que chacun se construit la croyant infaillible. Une autre pensée me redonne de la force, je viens de reprendre en main ma destinée. Le dîner avec Sacha m'a laissé une impression de faiblesse, de soumission, secrètement, j'attendais peut-être qu'il trouve une solution à ma situation. Je m'étais laissé entraîner dans une spirale de confidences néfastes à ma ligne de conduite habituelle. J'avais eu un moment de faiblesse, ma carapace avait aussi une faille. L'agent secret doit avoir une autre faculté : initier des événements et les contrôler. C'est une des premières leçons et une base de travail. Depuis quelque temps, les événements m'échappent, je le ressens sans pour autant réagir. Je viens de rétablir le fil rouge de ma destinée. Ayant trouvé le moyen de quitter ce pays discrètement, je peux sereinement penser à l'avenir. Je reste un loup solitaire, j'ai choisi cette vie il y a déjà bien longtemps, les événements de ces dernières semaines m'ont définitivement convaincu que je finirais mes jours seul. Quel avenir avais-je ? Celui d'agent secret est mort avec Anne. Je peux difficilement rentrer en France même clandestinement. C'est trop tôt, la grande maison me localisera très vite et ma disparition pourrait bien être effective et définitive. Comme je suis regonflé et optimiste, il me vint une idée. Je peux concilier ma relation avec Sacha, Andréas, et trouver un travail sans prendre trop de risques. J'irais au rendez-vous de Sacha, et demanderai à Andréas s'il est toujours d'accord pour monter son affaire à l'Arnaca. Une fois sur l'île, je reprendrais mon passeport au nom d'Alex Durion sur lequel il n'y a pas de trace de mon passage en Égypte. Je redeviendrai un citoyen français travaillant en Grèce. En faisant cela, je brouille les pistes des Égyptiens, des Chiliens et des Français. Heureux de cette perspective, je m'endors dans le bus. Arrivé au Caire dans le milieu de l'après-midi, je regagne mon hôtel pour me préparer intellectuellement à mon rendez-vous du lendemain avec Sacha et sa bande. Je passe l'après-midi à chercher un petit sac étanche pour contenir quelques papiers, mes cartes de crédit, mes trois passeports, des Euros et le pistolet Beretta 9 mm qui avait appartenu au gardien d'Anne dans la maison de Puroz. Dans une boutique de téléphone, j'achète aussi un portable avec une carte SIM prépayée.

* **

Le lendemain, Sacha m'attend assis sur le même banc devant le magasin de chichas. Il y a beaucoup de monde dans cette galerie marchande, on ne s'entend pas parler. Il propose d'aller dans un café.

Après avoir passé commande des boissons, chacun reste silencieux. Comme si l'un et l'autre avaient une révélation à faire. Sacha brise la glace.

— As-tu du nouveau Marc ? As-tu réglé ton problème ?

Ça sonne faux, il attend que je réponde par la négative, il doit être convaincu qu'en trois jours, seul, je n'ai rien résolu. Il a visiblement quelque chose à proposer. Avec ce quelque chose, je deviendrai son obligé. Ce n'est pas prémédité de sa part, simplement naturel, il a l'habitude dans son métier que les gens aient besoin de lui.

— Rien n'est sûr répondis-je. Et toi, tu as eu le temps de consulter tes connaissances ?

— Oui, et j'ai une bonne nouvelle, je peux te procurer un passeport diplomatique. Avec ça tu peux aller où tu veux, ou à peu près.

Je ne m'attendais pas à un tel coup d'éclat. Cela démontre surtout, ce que je soupçonnais : Sacha a des relations au plus haut niveau, et je place ce niveau à un endroit que je n'aime pas. Moscou et les services secrets russes, le FSB. Je ne vois pas qui d'autre peut aussi facilement délivrer ce genre de passeport. Cela en dit long sur ce qu'il y a derrière, je vois bien le type de service qu'il faudra rendre en retour. Je me félicite de ma démarche à Alexandrie, même si celle-ci est douteuse, elle comporte moins de risques à long terme que de s'acoquiner avec les Russes.

— Bravo, Sacha !!! Je te remercie, mais j'ai une autre piste. Si elle venait à échouer, je reviendrais sur ta proposition. J'aurais la réponse d'ici à deux jours. Sacha marque un étonnement tel que je lis sa déception sur son visage. Il a dû déployer tellement d'énergie par compassion – je lui prête cette qualité – que forcément il est contrarié. Alors pour faire bonne mesure et qu'il ait le sentiment de m'être utile je demande :

— Si tu le veux bien, j'ai un autre petit service à te demander, rien à côté de ce que tu as fait pour le passeport. Peux-tu me donner le téléphone d'Andréas, son adresse, ou l'endroit où je peux le joindre, car je souhaite lui donner une réponse positive à propos de l'offre qu'il m'a faite.

— Bien sûr, il est encore en Égypte, nous avons rendez-vous demain au bar du Mariott pour arroser son départ. Viens vers 22 heures, il y sera. J'espérais le rencontrer seul, ne voulant pas exposer mes plans devant Sacha. J'avais la certitude qu'il a négocié gros mon passeport diplomatique et qu'il essaiera de récupérer la situation à son avantage. Tant pis, de toute façon ils sont amis donc Sacha sera mis au courant.

— Tu sais, Marc, tu es un drôle de personnage. Chapeau !!! Te sortir de la, tout seul, c'est gonflé. Pour un type qui travaille dans les TP, ce n'est pas ordinaire !

— Sacha, tu ne vas pas remettre ça ? Ce sont tes copains russes qui t'ont mis ça dans la tête. JE NE SUIS PAS UN ESPION !!!

— Peut-être, mais tu en as le profil, le caractère et l'habileté intellectuelle.

— Merci pour les compliments Sacha, ne perdons pas de temps autour de ça, c'est futile. Mais tu as raison sur un point, l'intellect. D'ailleurs, je pense que pour le passeport, tu as dû traiter avec les services russes qui sont omniprésents ici. Et qui dit « russe » pense services secrets. Mais n'importe qui d'un peu sensé pourrait avoir ce raisonnement.

— C'est bien ce que je disais, tu as le profil !!!– dit-il en éclatant de rire.

Nous nous quittons sans que Sacha me demande ma solution pour quitter le pays, il attend notre rendez-vous au bar pour tout savoir. Du moins l'espérait-il.

La journée de demain sera longue, je n'ai plus rien à faire, juste à monter mon plan de négociation avec Andréas.

* **

Comme souvent, le bar est bondé. Je suis en avance, c'est voulu. Je préfère voir arriver les gens et les observer avant qu'ils ne me repèrent. Le serveur vient de m'apporter mon cocktail préféré «

swiming pool » vodka, crème de noix de coco, curaçao bleu, et jus d'ananas, lorsque Andréas entre, je lui fais un signe amical. Il est surpris de me voir, ce qui m'indique que Sacha n'a rien dit.

— Vous avez l'air surpris de me voir ici ?

— En effet, je dois rencontrer Sacha, mais c'est très bien que vous soyez là, nous pourrons parler business.

— Sacha m'a dit que vous seriez là ce soir, je voulais vous donner ma réponse, j'ai pris cette opportunité de prendre un verre avec vous.

— Donc vous acceptez ma proposition ?

— Oui, mais j'ai une condition importante. Seriez-vous d'accord pour venir me chercher en Crète mercredi matin ?

— Qu'elle drôle d'idée d'arriver en Crète ? J'habite à Chypre, c'est un peu loin, il faut y aller en avion. J'avoue ne pas comprendre ce lieu d'arrivée.

— C'est difficile à comprendre, je suis d'accord avec vous, mais j'ai un impératif majeur, je ne peux pas arriver ailleurs. Ne posez pas de questions. Où vous êtes d'accord, ou on n'en parle plus, on boit un verre et on se dit adieu. Andréas reste pantois, c'est un test. Je veux être directif, montrer que je suis sûr de moi et à la fois mystérieux. La touche de mystère donne à mon personnage une originalité et un côté difficilement malléable. S'il dit oui à ma demande, il révèle l'intérêt qu'il me porte. Dans ce cas il gagne aussi un premier point de confiance.

— Vous êtes un drôle de type ! Ça me plaît et m'inquiète à la fois. Tout à coup, vous ne correspondez plus à la description qu'avait faite Sacha. De cadre à la dérive sans travail un tantinet rêveur, vous devenez un aventurier exigeant et prêt à tout. Surprenant !!!

Un long silence s'établit, il aspire avec une paille de petites gorgées de son cocktail, le regard fixé sur le dessous de verre. Cela dure plusieurs minutes, puis il relève son visage, ses yeux dans les miens, je crois apercevoir un éclair de défi.

— Donnez-moi une bonne et une mauvaise raison de dire oui.

— La bonne, c'est que vous avez besoin d'un type comme moi, quelqu'un qui n'a pas peur de s'engager, qui ne pose pas de questions et peut fermer les yeux quand il le faut. La mauvaise, je ne suis pas sûr d'être au rendez-vous et si j'y suis, vous devez savoir que je suis difficile à manager. Pour faire simple, j'aime être indépendant.

— Les deux réponses me plaisent. Ça vous gêne si j'en parle à Sacha ?

— Non, mais vous perdez un point de crédibilité.

Il accuse le coup. Je viens de porter ma dernière estocade. Sacha n'est toujours pas arrivé, je commande une autre tournée.

Malgré mes propos, l'atmosphère reste détendue, nous échangeons sur le statut particulier de Chypre dont les Turcs se sont approprié la partie nord sans accord de quiconque. La communauté européenne ne reconnaissant pas cette annexion, un détachement de Casques bleus maintient une paix relative entre les deux communautés. Sacha arrive enfin, il est sur les nerfs : il nous explique qu'une réunion de dernière minute avait été organisée avec ses clients et qu'il n'a pas eu le temps de manger. Pour compenser, il passe commande d'un chariot de desserts tellement garnis que l'on croirait une devanture de pâtisserie.

— Alors vous vous êtes mis d'accord ?

— En ce qui me concerne, oui, je suis partant. La décision appartient à Andréas, il faut dire que j'ai mis une condition un peu contraignante. Il doit t'en parler et attend ton avis. Je plante ainsi à nouveau le décor, voulant rester maître du jeu et faire comprendre s'il en était besoin à Andréas que je suis déterminé.

— À quel titre puis-je avoir un avis à donner sur tes affaires Andréas ?

— À titre amical dit celui-ci. Nous en reparlerons plus tard.

— Ne tardez pas trop, dis-je, il me faut une réponse demain matin avant midi. Ensuite je serai sur la route.

Je prends congé donnant mon numéro de téléphone à Andréas qui me donne le sien. Il n'y a plus qu'à attendre. Même si l'appel ne vient pas, je pars quand même.

* **

Le jeune agent envoyé par la DGSE est arrivé au Caire la veille. Au bureau de l'agence, il n'a rien appris de plus. Pour Monsieur H, la probabilité que je sois mort dans l'attentat tient le dessus des hypothèses, ils n'ont pas poussé plus avant les recherches, l'effectif étant limité à lui et à un secrétaire.

L'ambassade fut plus prolifique en détails. Le bureau des renseignements du public lui indiqua que le lendemain de l'attentat, un homme, français était venu demander des nouvelles d'une Française se trouvant dans le métro au moment de l'attentat. Ils n'avaient pas plus d'informations sur l'identité du visiteur, mais ils connaissaient le nom de celle qu'il recherchait : Anne Dufi.

Donc, il apprit que je n'avais pas péri avec Anne, ce qui laissait supposer que j'étais encore sur le territoire Égyptien. Autant chercher une aiguille dans une meule de foin. Un agent sait ce qu'il faut faire pour brouiller des pistes. Il prit alors conscience qu'on lui a refilé une mission à la c… sous le prétexte qu'il est jeune dans le métier. Il commença par le commissariat central, espérant pouvoir consulter le registre des fiches d'hôtel. Il en aurait pour des jours d'une lecture rébarbative à la recherche d'un nom français qui de toute vraisemblance ne serait pas le bon, car la liste des patronymes d'Alex Durion pouvait s'être allongée. Il procéda méthodiquement. D'abord les noms français, ensuite, les hôtels modestes, les plus grands et pour finir les palaces. Il se dit que s'il devait se cacher il irait dans un petit hôtel. On était lundi, il avait officiellement une semaine pour me localiser.

Il n'était pas le seul à être à la recherche du français, les services de sécurité et la police essayaient de remonter la piste de celui qui ne s'était pas présenté à l'aéroport il y a quelques semaines, et était devenu un clandestin. Sa photo et son signalement figuraient dans tous les guichets de police et de douane du pays. L'information de sa disparition avait été communiquée aux services chiliens qui eux aussi étaient à sa recherche.

**

Andréas avait longuement parlé de Marc avec Sacha. Il comprit pourquoi Marc voulait rester mystérieux sur son voyage vers la Crète. La révélation avait été son visa périmé. Mais ce qui intéressait Andréas, c'était surtout la personnalité de Marc. Le côté « je n'ai plus rien à perdre » de Marc lui plaisait Si tout se passait comme il l'imaginait, il lui serait d'une grande utilité dans ce port tourné vers le proche orient, Beyrouth, Haïfa et Tripoli sont à moins de trois cents kilomètres en bateau. Sacha lui confia que selon lui, il y avait encore des zones d'ombre dans ce que disait Marc. Il pensait qu'il était un peu trop rusé pour n'être qu'un marchand de pièces détachées d'engins de TP. Il n'avait aucune preuve, juste une intuition. Il promit de se renseigner auprès de ses amis russes à Moscou.

Cela fit réfléchir Andréas, il ne faudrait pas faire entrer un loup dans la bergerie. Il était partagé entre les qualités qu'il pressentait chez Marc et la méfiance de Sacha. Il conclut qu'il le prendrait à l'essai sous surveillance. Il lui donnait six mois pour mettre en place les infrastructures, après, les affaires commenceraient vraiment. Il lui faudrait être vigilant.

Le téléphone de Marc sonna alors qu'il quittait l'hôtel. Andréas lui donnait son accord. Marc lui indiqua le lieu où il faudrait venir le chercher : le village de Matala, au sud de l'île. Il y serait vers onze heures, à la terrasse d'un café en bord de mer. Andréas lui dit qu'un chauffeur viendrait avec un 4X4. Il allait réserver une place d'avion pour le soir. En cas d'imprévu, l'un ou l'autre appellerait.

Après avoir confirmé mon arrivée par téléphone chez Hamed, je prends mon baluchon, un sac de marin étanche, contenant quelques vêtements et un deuxième sachet lui aussi étanche avec mes éléments de survie, passeports argent et cartes de crédit. Le bus comme d'habitude arrive en retard, mais j'ai du temps devant moi.

La nuit est tombée lorsque j'arrive à Alexandrie, une heure plus tard je descends à l'arrêt du quartier Ras At Tin. Pour passer le plus inaperçu possible, avec mon sac de marin, je prends l'avenue

Kayetbai en direction d'un petit chantier naval désert à cette heure de la soirée. De là j'aperçois le quai où est amarré le bateau d'Hamed. Il n'y a plus qu'à attendre. Un peu avant onze heures, je vois une lueur balayer les alentours du bateau, Hamed vient d'arriver. Depuis le quai je le vois s'affairer avec de gros bidons en plastique qu'il arrime solidement avec des cordages le long de la cabine. Il a fait une bonne réserve de mazout, une précaution qui me met en confiance. Sans attirer son attention, j'arrive jusqu'à la passerelle, là il m'aperçoit. Je vois sur son visage une expression rassurée.

— Viens – me dit-il, j'ai presque terminé, nous partons dans cinq minutes. Tu as l'argent ? Je lui tends cinq cents euros.

— Tu auras le reste quand je quitterai le bateau.

— Ça va. Descends dans la cabine, personne ne doit te voir lorsque je passerai la jetée.

La cabine est un capharnaüm, assez vaste, elle contient un peu tout, des seaux, des matelas douteux, des sacs plastiques, des cartes marines en vrac, des verres, une théière, des couvertures, des gants de manutention et bien d'autres choses. L'odeur aussi est particulière, des effluves de gaz oil, de graisse, de transpiration et de thé refroidi. J'ai heureusement l'estomac bien accroché, il y a de quoi retourner les estomacs les plus endurcis. Je trouve un coin un peu dégagé, ou plutôt je le dégage moi-même et je me cale contre la cloison. Le voyage commence, la nuit est noire, la mer est calme. Une fois en mer, j'explique à Hamed l'endroit de la côte où il serait souhaitable d'amerrir, dans un endroit isolé. Nous prenons les cartes de marine et il choisit une zone sans rochers, pas très éloignée d'un endroit sablonneux. La profondeur est suffisante pour qu'il puisse approcher à moins de cent mètres. Je n'aurais pas une grande distance à faire à la nage.

Tu sais, je n'ai pas le droit d'approcher aussi près des côtes Grecques, si on n'était pas en saison hivernale, je n'aurais pas accepté à cause des gardes-côte. Je risque gros si je suis pris dans les eaux territoriales, plus de bateau, plus de licence de pêche et peut-être de la prison. En contrepartie, avec l'argent je peux faire vivre ma famille pendant six mois.

Je compatis et je le remercie d'avoir accepté mon offre. Je monte avec lui sur le pont et nous nous mettons à parler. Hamed a eu une vie agitée, il est d'origine yéménite, de Burum, un village de pêcheur. Sa famille vivait misérablement, lui faisait du cabotage avec un boutre, il pêchait, transportait des personnes et des marchandises. Parfois il trafiquait soit des armes, soit de la résine de cannabis. Un jour il décide d'immigrer en Égypte en passant au large de Djibouti, puis en remontant la mer rouge jusqu'à Suez. Là il revend son bateau, demande l'asile politique, c'était du temps de Nasser bienveillant vis-à-vis du peuple yéménite. Il s'embarque sur des cargos de la marine marchande égyptienne et avec l'argent de ses déplacements il achète ce petit chalutier pour devenir pêcheur indépendant.

À mesure qu'Hamed raconte sa vie, je comprends mieux pourquoi il a accepté ce voyage et pris ce risque. Il se revoit, plus jeune, affrontant des semaines de mer dans des zones infestées de pirates et surveillées par les gardes-côte. L'aventure de ce soir paraît facile en comparaison. En vieux loup de mer qu'il est, il ne pose pas de questions indiscrètes. Pour meubler les longs moments de solitude qui nous unissent, je raconte mes voyages au Maroc, en Amérique du Sud, en Russie sans dévoiler quoi que ce soit de mes activités. Je propose de tenir la barre le temps qu'il se repose. Il refuse, et c'est moi qui pars m'allonger. Un coup sur l'épaule me fait ouvrir les yeux. Hamed me dit que nous arrivons, dans une heure au plus tard, il faut que je sois prêt à l'aider au cas où il y aurait un problème. Je ne vois pas ce que je pourrais faire si des gardes-côte nous arraisonnaient.

Il ne fait pas encore jour, mais une masse plus sombre que la mer indique la terre. Bientôt, de minuscules lueurs scintillent. Hamed réduit le régime moteur, éteint les feux de navigation, le bateau glisse silencieux sur le miroir sombre de la mer. Pas de houle, le calme plat, l'idéal. Un quart d'heure plus tard, il coupe complètement le moteur, il ne reste plus qu'un petit kilomètre avant le rivage. Je m'acquitte du reste de ma dette et me prépare à me mettre à l'eau. Après une accolade sincère, Hamed me souhaite bonne chance. Je glisse sans bruit le long de la coque. L'eau est glacée. J'atteins la terre ferme rapidement, je n'aurais pas pu nager très longtemps dans ce froid et cette obscurité. Lorsque je me retourne, je ne vois plus le bateau, et quelques secondes plus tard, un léger bruit de moteur m'indique qu'il prend le chemin du retour.

Avant qu'il ne fasse jour, je change mes vêtements, et suis un sentier que le sable blanc me permet de distinguer entre les buissons. Au lever du jour, je marche au bord d'une route vers Matala à une dizaine de kilomètres. Dans la poche de ma veste, j'ai glissé mon passeport au nom d'Alex Durion.

Chapitre VI

Le village de Matala, comme beaucoup de villages de bord de mer en Crète en cette saison est entré en hibernation, les touristes ne reviendront qu'au printemps. C'est à l'origine un village de pêcheurs d'une centaine d'âmes, en été la population passe à un millier de vacanciers. Ce mercredi d'hiver, j'ai l'impression de traverser un village fantôme, les ruelles sont désertes, il n'y a pas de voitures en cette heure matinale. Arrivé sur le bord de mer, seul endroit où il me paraît possible de trouver un bar ou un hôtel ouvert, je n'ai pas le choix, un seul établissement est ouvert, un bar restaurant, tabac et journaux. Je m'installe au comptoir et commande un café, et de quoi manger. Le patron me regarde avec une curiosité appuyée, je n'ai pas le type d'un travailleur agricole, ni d'un pêcheur, ni d'un touriste. Je suis le seul client, je sens bien qu'il meurt d'envie de faire la causette, mais il hésite sur la question qui pourrait ouvrir sur une discussion de comptoir dans laquelle je lui raconterais une histoire qui ferait le tour du village, avant que je n'en sois parti. Pour l'aider, j'entame la conversation :

—Je viens de Pitsidia, un peu au nord, j'ai voulu faire du stop, mais il n'y a pas beaucoup de circulation, alors j'ai beaucoup marché.

—Vous venez pour travailler sur le plateau ? Ils cherchent du monde pour travailler dans les oliveraies.

—Non pas du tout, j'ai rendez-vous avec quelqu'un qui doit me conduire à l'aéroport d'Héraklion cet après-midi.

— Vous êtes de quel pays ?

— Je suis Français.

— Ah, et vous retournez en France ?

— Oui, c'est ça.

— Dans quelle ville habitez-vous ?

—Paris. – Je demandais les toilettes, pour couper court à cette conversation.

Je prends mon temps, et au retour, j'ai un petit-déjeuner copieux servi sur une table près d'une des baies vitrées.

J'ai trois heures devant moi pour découvrir le site fort agréable, la plage forme une anse protégée par des falaises truffées de cavités, de grottes creusées par la mer depuis des millénaires. Cette promenade me fait du bien, au retour, assis sur un rocher au soleil j'attends mon chauffeur.

* **

Les recherches en Égypte pour retrouver l'agent Alex Durion n'ont rien donné. Il s'est évaporé. Sauf que, dans les services secrets, on ne croit pas à l'évaporation spontanée d'un individu. Pourtant, après être intervenu auprès de la police des frontières, aucun passager du nom de Durion, Paloir ou bien encore Sunto, n'a franchi une des frontières de l'Égypte. Les principaux ports ont aussi été contrôlés. Rien. Paris a sous-estimé les capacités d'Alex. Une question reste sans réponse : pourquoi disparaître ainsi ? Une inquiétude lancinante revient sans cesse dans les esprits de la DGSE. Et s'il était passé dans un service étranger ?

***

Le 4X4 arrive à l'heure, le chauffeur parle très mal l'anglais, la conversation se limite à quelques banalités. Au cours du voyage, mon téléphone sonne, c'est un SMS d'Andréas. « Tu as un vol de réservé au départ d'Héraklion sur la compagnie Olympic Air au nom de Marc Paloir. Je t'attends ce soir à Larnaca. ».

Dans notre négociation, j'avais omis de décliner une autre identité pour ne pas compromettre sa décision. Il sera toujours temps d'en parler une fois à Chypre. Un refus de collaborer à cause de mon changement d'identité sera sans conséquence grave pour moi. Je serai en territoire Européen. Je fais le pari que ni au check-in ni au contrôle de police, ils ne remarqueront l'absence de tampon de sortie d'Égypte.

À Larnaca, Andréas et Yaoub m'attendent. Je n'avais plus

entendu parler de Yaoub depuis longtemps, je l'avais oublié. J'aimerai rapidement éclaircir son rôle et son statut dans ce montage nébuleux. Le dernier rôle que je lui connaisse est : dealer.

Nous partons dans le SUV Toyota d'Andréas vers le quartier Livadia où Yaoub possède un studio qu'il me prête en attendant que je trouve un logement.

— Installez-vous – dis Andréas, nous passons vous chercher dans deux heures, nous dînerons ensemble pour mettre au point notre projet.

Le studio est spartiate, sans décoration. Un salon / cuisine, une chambre et une minuscule salle de bains. Mon installation prit cinq minutes, le temps de rincer et de mettre à sécher mes vêtements du matin.

Deux heures plus tard, nous étions attablés dans une taverne bruyante.

— Voilà ce que nous voulons faire – dit Andréas : nous avons repéré un espace libre de construction proche du port, là nous ferons construire un entrepôt et un bureau. Nous estimons à six mois le délai pour que ce soit opérationnel. Ensuite, tu auras un carnet d'adresses initial pour démarcher des clients potentiels. L'origine des marchandises sera la Grèce, et la Turquie. Moi je gère le côté grec et Yaoub le côté turc. Au catalogue des produits, nous proposons des produits non périssables qui sont très demandés au Liban, en Israël, en Syrie, en Égypte, et en Arabie saoudite. Le nom de la société dont le siège social sera ici est F&D.S. Food & Drinks.Supply.

— Tu seras le gérant officiel. Tu peux avoir une secrétaire, deux ou trois manutentionnaires et un camion. Les livraisons ne doivent pas aller plus loin que le port ou l'aéroport. Nous ouvrirons un compte professionnel dans une banque au Luxembourg. Vous serez payés toi et ton équipe par une banque chypriote qui recevra les fonds du Luxembourg. Je serai le seul interlocuteur. Yaoub, traitera avec moi. Bien entendu il peut avoir des contacts avec vous pour les commandes et les livraisons, mais en aucun cas au niveau décisionnel. As-tu des questions ou bien des points de désaccord ? J'avais beaucoup de questions, mais ce n'était ni l'endroit ni le moment.

— Oui, je commence quand ?

— Maintenant, voilà pour le début.

Il dépose sur la table une liasse d'Euros qui me paraît conséquente au vu de l'épaisseur.

J'empoche en remerciant. Andréas reprend :

— Demain matin nous irons sur le terrain que nous sommes en train d'acheter.

C'est ainsi que commence une activité que je n'aurais jamais pu imaginer. Cela durera six ans.

***

Cette nouvelle vie est tranquille, je supervise les constructions, recrute du personnel, prends des contacts, passe des commandes et fais livrer des palettes sur le port ou dans la zone aéroportuaire. Je suis bien payé, le climat de l'île est très agréable et les saisons rythmées par l'arrivée et le départ des touristes. J'ai une vie sédentaire, quelques rencontres féminines permettent au corps d'exulter sans attachements particuliers, je pense toujours à Anne. Elle reste une énigme dans ma vie.

Mes rapports avec Andréas et Yaoub sont cordiaux, je ne tiens pas à plus de convivialité. Je n'ai pas changé mon identité, à quoi bon ? Cela risquait de raviver des soupçons à mon égard. Je m'appelle encore Marc Paloir. J'ai eu une bonne intuition en gardant mes distances, car , vers la sixième année, je découvre par inadvertance une partie cachée du business qu'ils me confient et qui contribue à leur richesse.

Les marchandises venant de Turquie arrivent sur l'île par des bateaux qui accostent au port de Girne distant de seulement 90 kilomètres du port d'Alanya en Turquie. Des camions traversent ensuite la pseudo-frontière proche de Larnaca, et aboutissent dans l'entrepôt.

***

Un événement fortuit va compromettre ma coopération avec la société F&D.S. je m'étais habitué aux aspects plus ou moins interlopes de la société, mais une limite allait être franchie.

Un matin, le manutentionnaire vient dans mon bureau pour me signaler que l'un des cartons d'un chargement de confiseries s'est éventré en glissant du transpalette. Il s'excuse de sa maladresse et me demande de constater les dégâts.

Le carton très volumineux a explosé au sol répandant des sachets de friandises sur plusieurs mètres carrés. Je demande que l'on récupère l'étiquette d'envoi et que l'on transfère le contenu dans un autre emballage. Je repars, lorsque par mégarde, mon pied heurte un sachet de bonbons qui me rappelle ceux de mon enfance, des barres de caramel enveloppées dans un papier jaune et rouge à l'intérieur duquel il y a une blague plus ou moins fine : « le Carambar ». Visiblement, les Turcs ont copié le concept et fabriquent avec un autre nom, mais un emballage ressemblant à ce type de friandise pour l'exportation. Le sachet étant éventré, je prends un des bonbons pour goûter la qualité de l'imitation. En dépliant le papier, l'odeur m'avertit qu'il ne s'agit pas de caramel, mais de résine de cannabis.

Je retourne sur mes pas, prends une dizaine de sachets au hasard et retourne au bureau. Sur quinze sachets, deux contiennent du cannabis. Je sécurise les sachets dans un double sac plastique et les dispose dans le coffre-fort du bureau. Moi qui ai passé quelques années de ma vie à traquer des trafiquants de drogue, je suis devenu un trafiquant à mon insu. Ma conscience m'empêche de couvrir celui-ci. La situation est délicate, je suis officiellement impliqué en tant que gérant, dénoncer le trafic, revient à me dénoncer moi-même. Il me faut trouver un autre moyen. Ce qui me paraît certain, c'est que ma période de vie ici va prendre fin.

La nuit portant conseil, une idée consistant à tendre un piège à Andréas surgit. Le soir je détruis les sachets de résine en jetant le sac suffisamment lesté dans le port. Je prends soin de garder un « Carambar » de résine que je dissimule sous une palette. Le lendemain je demande sous un prétexte futile à Andréas de passer à l'entrepôt.

Nous allions revenir vers le bureau, lorsque j'attire son attention sur un des bonbons coincés sous une palette de bois. J'en profite pour lui narrer l'incident, me penche pour ramasser le « Carambar » et le lui tends en faisant de l'humour sur la manière dont les Turcs font des copies d'une friandise bien française. Il prend le bonbon, je l'observe attentivement, mais rien ne change sur son visage. Il faut pousser le bouchon plus loin encore.

— En as-tu déjà goûté ? Demandais-je.

— Non, j'ai horreur des sucreries – dit-il sans hésiter.

— Eh bien moi je vais le tester, on ne sait jamais, ils sont peut-être meilleurs que les Français. Ce faisant, je lui prends le bonbon des mains et commence à ôter le papier. Là, je vois comme un éclair de terreur dans son regard. Une fois le papier retiré, je fais mine de le porter à ma bouche, mais m'arrête alerté par l'odeur caractéristique du cannabis. Je lui tends le bâton de résine en le regardant dans les yeux.

— Andréas ? Qu'est-ce que cela signifie ?

Pour toute réponse, il me prend par le bras et m'entraîne rapidement vers le bureau.

* **

— Je suis très contrarié que tu aies découvert notre business Marc. Maintenant tu es complice malgré toi. Le manutentionnaire a-t-il remarqué quelque chose ? Comment pourrais-je savoir, j'ai moi-même découvert le pot aux roses avec toi il y a un instant.

— C'est vrai, admettons, mais tu as pu remarquer un changement dans son attitude, un regard, une méfiance inhabituelle ?

— Non rien de tout cela. Maintenant, c'est moi qui vais changer d'attitude, en fait, je ne peux pas rester le gérant d'une boîte qui organise du trafic de drogue. C'est trop risqué, je n'ai pas accepté ce travail pour couvrir cette activité. Je te laisse un mois pour trouver un remplaçant, et je pars. Je ferme les yeux jusque-là, et même après. Nous ne nous serons jamais rencontrés.

— C'est dommage, j'avais confiance en toi et tout allait bien, ce sera difficile de trouver un type comme toi, je suis sincère.

Plusieurs semaines passent, lorsqu'un matin Andréas arrive en compagnie d'un jeune type, à peine trente ans, d'origine vraisemblablement asiatique. Il me le présente comme étant mon remplaçant. J'ai une semaine pour lui expliquer le fonctionnement de la société.

La semaine est passée, je n'ai cure des compétences du Chinois, je n'ai qu'une hâte partir. J'ai décidé de quitter l'île le week-end suivant, le temps d'acheter un billet d'avion et de vendre ma voiture. Pour brouiller d'éventuelles pistes, je prends un billet pour Rome. De là j'en prendrai un pour Milan et enfin pour Bordeaux. À chaque escale, j'utiliserai un passeport différent.

Le vendredi matin, Andréas vient au bureau. Il s'enquit de la formation du jeune, et m'invite chez lui pour fêter mon départ le lendemain à midi. Il organisait un BBQ dans sa propriété vers le village de Kivisili, à une quinzaine de kilomètres de l'aéroport.

Il fait beau, comme d'habitude. Après 10 kilomètres, je quitte la route principale en tournant à droite. Une route secondaire sinue à travers une forêt de pins et de chênes. Après le sous-bois, on aperçoit le village surplombant la plaine. Pour accéder à la propriété, il y a un chemin sur la gauche, un panneau de bois indique un nom en caractères cyrilliques . Je sais qu'il faut prendre ce chemin, Andréas me l'a indiqué. Au bout d'une centaine de mètres, un grand portail de fer ouvert permet l'entrée dans le domaine. Devant, une pelouse bien taillée, une maison cubique avec de grandes baies vitrées occupe l'espace qui se referme derrière par un bois de chêne. Andréas vient m'accueillir. Dans une petite clairière aménagée, des tables et un BBQ m'attendent. Il y a Yaoub et leurs épouses. Présentations d'usage, apéritif et Souvlakis arrosés avec un vin de Thessalonique excellent. J'avais déjà goûté à cette spécialité Grecque lors d'un voyage. Il s'agit de brochettes d'agneau marinées.

L'atmosphère détendue me surprend un peu, j'ai découvert leur trafic et ayant décidé de quitter le navire, je ne m'attendais pas à un tel accueil. À la question : quand pars-tu, je réponds demain soir, alors que mon vol est pour le lendemain dans la matinée. Il ne me reste plus que le rendez-vous avec l'acheteur de la voiture sur le parking de l'aéroport.

Je prends congé vers 17 heures. Après des au revoir qui se veulent chaleureux, je perçois que quelque chose ne va pas. L'atmosphère n'est plus aussi chaleureuse, il flotte un je-ne-sais-quoi dans l'air.

Après quelques kilomètres, un besoin urgent m'oblige à m'arrêter. Je choisis la protection de la forêt de pins pour me soulager. Je me suis éloigné de la route et accroupi, je ne vois plus la voiture.

Soudain, il y a comme un coup de canon, une lueur s'élève au-dessus des herbes, une fumée noire succède à la lueur. Lorsque je me relève, il n'y a plus de voiture. À la place un brasier monstrueux atteint maintenant la hauteur des arbres. Un frisson me parcourt de la tête aux pieds. C'était donc ce que j'avais ressenti : un adieu. Pendant le déjeuner, les sbires d'Andréas et de Yaoub ont placé une charge explosive sous ma voiture qui se déclencherait une dizaine de minutes après le démarrage du moteur, ainsi l'explosion aurait lieu sur la route loin de chez eux effaçant le seul témoin de leur trafic. Je me mets à courir entre les arbres vers le sud pour rejoindre la route principale. Arrivé en amont de l'embranchement que j'avais emprunté à l'aller, je fais du stop pour fuir au plus vite la zone. La saison touristique vient à peine de commencer, les touristes sont déjà nombreux sur les routes, un quart d'heure plus tard, je roule en compagnie d'un jeune couple vers Larnaca.

Je monte dans mon studio, prends mes papiers et appelle un taxi pour l'aéroport. À 20 heures je suis devant le guichet de la compagnie Olympic Air pour modifier mon billet. Il y a une place sur le vol de Venise à 22 heures, Venise ou Rome, c'est sans importance l'essentiel est de partir rapidement. Je reste un grand moment aux toilettes pour réfléchir au calme et surtout hors de vue. J'ai pris la précaution d'utiliser le passeport au nom d'Alex Durion. Nom inconnu de mes assassins. Ils ne tarderont pas à découvrir l'absence de cadavre dans la voiture, il vaudra mieux être loin ou introuvable à ce moment-là.

Trente minutes avant le vol je passe les contrôles. Les minutes dans la salle d'embarquement sont très longues, je scrute tous les passagers, ils me paraissent tous suspects. Lorsque les roues quittent le sol, je comprends qu'une fois encore ma bonne étoile a brillé. Pour combien de temps ? Je laisse dans mon sillage une traînée de poursuivants : les Chiliens, les Égyptiens, les deux acolytes chypriotes, et peut-être les Russes. Devant moi, en France, il y a la DGSE, mais avec eux j'ai une idée pour m'en tirer.

Chapitre VII

À Venise, le lendemain, Luis Sunto prend un vol Ibéria à destination de Madrid. Une semaine plus tard, Alex Durion rentre dans son pays sur un vol Air France à destination de Bordeaux.

Cela fait 10 ans que j'ai quitté mon pays et beaucoup plus que je n'ai pas revu le Sablas.

Je loue une voiture à l'aéroport, et excité comme un jeune marié, je prends la direction de mon village natal. Tout a changé, et malgré les transformations urbaines, je revois mon enfance défiler. Ici j'étais allé chez un copain, là j'étais allé à une foire, ici il y avait autrefois des bals dans la salle des fêtes, dans un autre village nous allions voir des feux d'artifice magnifiques, car ma mère adorait ça. Les vignes, elles, sont toujours là, l'urbanisation ne les a pas trop grignotées. Je redécouvre cette région, lorsque l'on va plus en amont vers l'estuaire, l'on y récolte et vinifie toujours des vins, les côtes de Bourg et les côtes de Blaye. Quelle émotion, lorsque je vois la maison depuis la route, solidement dressée au milieu des rangs de vigne, elle m'attend depuis si longtemps. Le tilleul a déjà des feuilles ainsi que les cerisiers qui sont en fleur. En prenant la petite allée qui mène à la maison, je suis comme un enfant qui retrouve un jouet oublié. Les herbes folles ont poussé bien que des voisins bienveillants aient assuré un minimum d'entretien.

Avec nervosité je vais à l'endroit où est cachée la clé, sous une lourde pierre, protégée par un plastique. Elle est là, en bon état. J'ouvre, ça sent-bon la vieille maison inoccupée. Tout est figé dans l'obscurité, il ne tient qu'à moi de réveiller les pièces, les meubles, la maison. Faire du bruit, mettre de la musique, ouvrir toutes les portes et les fenêtres, aérer, faire fuir les fantômes du passé et redonner une vie à ces vielles pierres plus que centenaires. J'hésite, je voudrais l'embrasser cette pierre, ce faisant je retrouverais mes racines, la stabilité qui m'a quitté depuis plus de trente ans. Maintenant je me sens apaisé, en sécurité, joyeux. Il ne me reste qu'une action à accomplir pour être en paix avec ma conscience. J'ai du temps pour y penser, je chasse cette perspective qui surgit comme pour troubler ma joie de vivre l'instant présent.

Il me faut plusieurs jours pour tout nettoyer, tondre les abords, tailler les rosiers, arracher les herbes de la cour, remettre en place le mobilier de jardin et le vieux banc de bois sous le tilleul. Enfin, je retrouve la maison telle qu'elle doit être, accueillante. Les voisins sont heureux de me voir, on en profite pour s'inviter et raconter les potins du village et raconter une partie de ma vie. Malheureusement, les noms et les visages ont disparu de ma mémoire, je suis incapable de mettre un visage sur les personnes qui m'ont connu et souvent j'entends : tu te rappelles d'untel qui habitait à « Grissac » ? Eh bien non, je ne m'en souviens pas. On me pardonne, après tout ce temps…

C'est l'été, je paresse, je déguste, je redécouvre ce pays qui a su garder ses traditions. Les mois passent, à l'automne, je prends la décision d'aller à Paris. Je veux régler le contentieux avec la DGSE. J'ai passé du bon temps au Sablas, je peux prendre le risque de tout perdre. C'est un risque calculé, j'ai un atout et une décision à leur proposer. Il me suffit d'espérer que cela leur soit suffisant. Au cas où il m'arriverait quelque chose de fâcheux, j'ai laissé des instructions aux amis voisins pour gérer la maison.

* **

La « piscine » n'a pas changé d'aspect, toujours aussi austère. Je me soumets aux contrôles, et attends dans une pièce sans fenêtre sobrement meublée. Des éclairages indirects rendent cependant le lieu agréable. Une dizaine de minutes s'écoulent. J'imagine, les chefs : « Alex Durion est dans nos murs !!! » Ce doit être la grande agitation, qu'est-ce qu'on fait ? L'état-major n'est pas au complet, peut-on agir sans son aval ? Les avis divergent : on le coffre et nous verrons après. Non, on écoute ce qu'il a à dire. Il faut lui laisser une chance dit un autre. Enfin un responsable des clandestins arrive : Je prends l'affaire en main dit-il. Je vais le voir.

Personne ne relève et le chef se dirige vers la pièce ou se trouve Alex.

La porte s'ouvre, je reconnais R B, qui m'a envoyé au Chili. J'ai le temps d'apercevoir un type qui garde la porte avant que celle-ci ne se referme derrière la carrure imposante de mon visiteur.

— Vous êtes perdu, ou c'est le remords qui vous amène ? Monsieur B. Prend un siège et me fait face.

— Vous êtes conscient de votre situation de déserteur ? Vous connaissez le traitement que nous infligeons en pareil cas ? Je veux bien perdre cinq minutes pour écouter votre plaidoirie. Soyez bref et convaincant.

Je m'attendais à ce genre de phrases, je n'ai plus qu'à jouer mon seul atout.

— Pourquoi croyez-vous que je suis ici. Naïveté ? Folie ? Ou vous livrer un renseignement ? Bien entendu, je prends un risque, mais je tente ma chance pour me racheter.

Je commence mon récit par la fin de ma cavale en Égypte, la rencontre avec Sacha que je soupçonne d'appartenir au FSB. J'argumente avec l'histoire du passeport diplomatique et je conclus avec l'hypothétique trafic de cocaïne. Je passe ensuite à l'épisode Chypriote où là je décris par le menu la filière du trafic de cannabis avec noms adresses et destinataires de la camelote.

À la fin de mon exposé, le ton de Monsieur B, s'est adouci :

— Et maintenant qu'allez-vous faire ?

— En supposant que je sorte d'ici vivant, je remets ma démission officielle. J'arrête tout et me retire dans ma campagne bordelaise.

Là-bas, j'espère trouver un travail et finir ma vie sans devoir mentir et me cacher.

— Venez avec moi.

Après une succession de couloirs, nous prenons un ascenseur, encore des couloirs et Monsieur B, frappe à la porte du bureau du Directeur général. Il est là : dit-il en me laissant entrer dans le secrétariat.

J'attends. Après des échanges confidentiels entre Monsieur B et le Directeur Général, on me reçoit. Je raconte à nouveau mes aventures et me hasarde à livrer la raison du non-retour en France. Le Directeur fait la moue, je sens bien qu'il n'adhère pas, mais finit par une réflexion :

— Ah ! Personne n'est à l'abri de la passion amoureuse, même les meilleurs. Bonne chance, Monsieur Durion. Vous sortirez tout de même par la petite porte. Vous comprenez n'est-ce pas ?

Je remercie, et après avoir rempli les papiers de renoncement et les certificats de confidentialité, je quitte la grande maison, par la petite porte.

Une nouvelle vie libre commence.

* **

Il me reste à accomplir un dernier geste pour me libérer du sentiment de culpabilité que je traîne comme un boulet depuis des années : rencontrer les parents d'Anne. Je sais que ce sera difficile. Je dois leur expliquer les conditions dans lesquelles j'ai rencontré leur fille, comment par de malheureux concours de circonstances je l'ai entraînée dans mon sillage obscur et tumultueux. Dois-je leur parler de mon amour pour elle, un amour qui perdure malgré sa disparition ?

Je connais son nom de famille, il est facile de trouver leur adresse. Je choisis le week-end pensant qu'ils seront chez eux.

L'immeuble est cossu, dans le style des vieux hôtels particuliers de la bourgeoisie bordelaise. Sur le digicode je trouve leur nom, je sonne et une voix féminine demande de qui il s'agit. Je réponds que mon nom ne leur est pas familier, mais que j'aimerais m'entretenir avec Monsieur ou Madame Dufi. Le grésillement de la gâche électrique m'indique que je peux entrer. L'appartement est au premier étage.

Concentré sur ce que je vais dire, je marque un temps d'arrêt avant de sonner, je suis surpris de voir la porte s'entrouvrir sans avoir actionné la sonnette. Une jeune femme se tient dans l'encadrement de la porte. Le choc est violent. Anne se tient devant moi. Je vois dans son regard un mélange d'effroi, de surprise et un éclair de joie. Elle a ouvert la bouche, mais incapable de prononcer un mot, sa main est venue cacher en partie le bas de son visage. Tout cela reste confus pour nous deux. Il nous faut du temps avant que nos cerveaux réalisent et nous permettent un mouvement. Nous nous jetons dans les bras l'un de l'autre. Anne !!! Luis !!! J'ai la tête qui tourne, c'est irréel. Nous restons là abasourdis. Le temps s'est arrêté.

Elle me fait entrer, nous sommes comme des zombis. Nous atteignons le salon, un canapé nous accueille assis, serrés l'un contre l'autre. Nous relâchons notre étreinte, Anne, les yeux brillants de larmes ose parler :

— Je suis dans un rêve éveillé et tellement heureuse !!! Vite, raconte-moi ce qui s'est passé, cela fait tant d'années, combien ? Six ans, peut-être plus, je ne comptais plus. Tu avais disparu et cela a pendant longtemps hanté mes nuits. Je ne sais plus quoi dire ni par où commencer. Je bafouille.

— Je suis venu pour voir tes parents, je voulais leur dire ce qui s'était passé, notre rencontre, ma responsabilité sur ce qui était arrivé, car pour moi, tu as péri dans l'attentat du Caire. Je voulais me libérer de ce fardeau. Elle m'interrompt.

— Il y a eu un malheur dans notre famille, ma mère est décédée il y a trois ans d'un cancer du sein. Je vis désormais avec mon père.

— Je suis désolé. Dis-moi, qu'est-il arrivé là-bas ?

Elle regarde au plafond un instant cherchant dans la blancheur du plâtre ou dans les circonvolutions du lustre le bout du fil conducteur de son récit.

Lorsque la bombe a explosé, elle s'était déjà éloignée du quai, cependant le blast de l'explosion l'a projetée contre un mur. Le souffle coupé, des débris de verre incrustés dans ses bras, son visage et ses vêtements, elle est remontée telle une folle dans la rue. Elle était dans les premières à faire ainsi surface venant de l'enfer quelques mètres plus bas. Des passants l'ont prise en charge pour la réconforter et la calmer. Des tremblements incontrôlés agitaient son corps, ses yeux étaient hagards ; elle a entendu parler français alors que des bras la soutenaient et la conduisaient loin de la panique qui régnait autour de la bouche de métro. Elle a dû s'évanouir, car à son réveil elle est allongée sur un lit et deux personnes sont à son chevet. Ces deux personnes sont des Français expatriés qui travaillent au Caire. Lui, est médecin, elle psychologue dans une clinique privée.

Ils ont examiné son état physique, il n'y avait rien d'inquiétant. En revanche, elle souffrait de séquelles psychologiques. Elle reste une semaine chez eux incapable d'affronter l'extérieur, la foule, et les tumultes de la circulation. Le moindre bruit la faisait sursauter. Au bout d'une semaine, ayant appris qu'elle vivait seule au Caire, ils récupérèrent ses effets personnels dans son appartement et lui proposent d'organiser un rapatriement sanitaire. C'est ainsi qu'elle arrive à Bordeaux deux semaines après l'attentat. Elle a pensé à Luis, mais son état psychique ne lui permettait pas d'engager des recherches et compte tenu du caractère secret de l'activité de Luis, elle n'a pas voulu impliquer ses bienfaiteurs pour le prévenir. Ainsi nos routes s'étaient éloignées sans que l'un ou l'autre le veuille: « *le mektoub* »[4] comme disent les Arabes. J'allais raconter mes errances, lorsque nous avons entendu la porte s'ouvrir, son père venait de rentrer. Ne sachant pas si elle avait parlé de moi à ses parents, je n'ai pas su quoi dire lorsque son père m'a vu. Anne prend les devants me présente comme l'ami qu'elle a connu au Chili.

Monsieur Dufi est un élégant sexagénaire, grand, une chevelure grise et opulente coiffée en arrière lui donnant un air d'aristocrate. Sa fille lui ressemble dans le port de tête et cette élégance discrète. J'ai l'impression qu'il n'est pas étonné de me voir. Il s'attendait en homme intelligent et avisé que l'individu qui a envoûté sa fille se montre un jour. La confirmation de ce sentiment est devant lui :

— J'ai beaucoup entendu parler de vous. Pas toujours de manière élogieuse, mais avec un grand respect. Vous sembliez susciter une attirance certaine auprès d'Anne. Ce n'est pas un reproche, ce sont quelques confidences qu'une fille peut faire à son père quand rien ne va. Je suis heureux de vous connaître, les évocations peuvent être trompeuses.

---

[4] Le destin

Voilà un homme qui a les pieds sur terre. Il me reste à ne pas le décevoir. C'est Anne qui reprend la discussion.

— Mon papa est un amour, et comme tous les pères il est attentif aux fréquentations de sa fille, surtout lorsqu'un personnage comme toi apparaît. Bien entendu j'ai raconté une partie de nos aventures, ou plutôt mésaventures, ainsi il a une idée de ton personnage qui n'est pas forcément objective. Il nous est arrivé tellement de choses…

Sur l'invitation d'Anne, j'entreprends le récit de ma vie depuis sa disparition. Au point où j'en suis de ma vie, je lui révèle ma véritable identité et ma rupture définitive avec les services secrets. Contre toute attente, elle n'est pas surprise de cette révélation. Depuis le temps, elle a repassé en boucle des événements, des phrases, des situations qui l'ont conduite à la conclusion que je cachais trop de choses sur moi et notamment mon identité. Cela n'avait pas pour autant altéré ses sentiments à mon égard.

L'heure du dîner approche, son père propose de poursuivre l'évocation de nos souvenirs au restaurant. La soirée est agréable, des liens subtils se nouent entre Jacques son père et moi. Anne le ressent et en est heureuse.

Depuis son retour, elle a abandonné ses études et occupe un poste de documentaliste à la faculté des lettres. Elle a eu quelques aventures amoureuses sans lendemain, elle est déterminée à rester célibataire. Au moment de nous quitter, je propose de nous retrouver au Sablas le week-end suivant pour déjeuner. Jacques, fort gentiment, suggère de nous laisser en tête à tête pour ce déjeuner.

* **

Anne est enchantée par le Sablas, l'atmosphère paisible, la chaleur de la pierre blonde, les vignes tout autour et l'ombre fraîche du tilleul lui plaisaient beaucoup. Une question reste en suspens : quelle sera la nature de notre relation? Chacun hésite à aborder le sujet. J'engage le débat avec délicatesse.

— Je suis tellement heureux de te retrouver, que l'idée de te perdre à nouveau me fait peur.

— Pourquoi dis-tu cela ? Je n'ai pas envie non plus de te perdre.

— Comment vois-tu notre relation maintenant ? J'ai compris que tu souhaites garder ton indépendance. Moi aussi, je suis habitué depuis tellement longtemps à la solitude, mais savoir ta présence proche me ravit.

—C'est parfait Alex, restons amis, je crois que peu de gens peuvent être amis ayant partagé autant de choses. C'est un lien indéfectible qui nous unit. Je pense même qu'il peut être plus fort que l'amour, ces aventures sont en nous maintenant, nous sommes les seuls au monde à les partager, à les aimer ou à les haïr. Quelle chance !!!

— C'est ce que je souhaite, une amitié fraternelle, sans les embrouilles potentielles d'un amour charnel.

— J'ai une proposition à te faire de la part de mon père : souhaiterais-tu travailler pour lui ? Il veut développer davantage son activité à l'international, il pense que ton expérience à l'étranger est très intéressante. Il en a parlé avec ses collaborateurs qui sont d'accord.

—Sa proposition me flatte, mais j'y mets quelques conditions ; il y a des pays que je souhaite éviter. Tu vois lesquels.

Un mois plus tard, je suis VRP international pour une grosse maison de négoce bordelaise. Je sillonne l'Europe du Nord, les États Unis, et le Canada. Je rencontre Anne lors de mes séjours au Sablas, nous y passons des journées de farniente pendant l'été et l'hiver nous partons en famille dans leur villa en Espagne.

Cela dure six ans, jusqu'à ce que Jacques prenne sa retraite et cède ses parts au groupe. Dans ces conditions, je décide également de me mettre en inactivité, j'en ai les moyens financiers.

J'approche de la « soixantaine », et je mesure combien la vie peut être douce, j'ai évacué les traumatismes de ma vie de mensonges et de dissimulations, je vis comme tout le monde au grand jour en paix.

Un été, je fais du rangement dans le grenier lorsque je trouve un objet qui me ramène loin, très loin dans le passé. Les restes rouillés d'un cercle de barrique auquel sont encore accrochés des lambeaux de filet de pêche. Je revois mon grand-père Léopold, tenant son vieux vélo par le guidon et moi marchant à côté. Nous allions pêcher les crevettes dans ce qu'il appelait « la rivière », mais qui est en fait l'estuaire de la gironde.

L'envie de revivre ces moments bucoliques au bord de l'eau me reprend. J'achète du matériel neuf, et deux fois par semaine, du printemps à l'automne en fonction des horaires des marées, je m'adonne au plaisir de la pêche à la crevette.

Chapitre VIII

La marée est dans sa phase montante, le meilleur moment pour pêcher la crevette. Alex est là depuis 8 heures du matin, le temps est beau, peu de vent. Il a mis à l'eau les balances et a déjà récolté une petite centaine de crevettes translucides qui s'agitaient dans le seau posé à ses côtés. Dans le silence, il perçoit le bruit caractéristique d'une barque de pêche qui remonte vers le bec d'Ambès poussée par le courant. D'ordinaire, les occupants de la barque font un signe amical au pêcheur debout sur la berge. Là il n'y a pas de signe. Il y a deux silhouettes dans la barque, l'une tenant la barre, l'autre est appuyée sur le bastingage. Une minuscule volute de fumée apparaît, Alex plie les genoux, s'affaisse en avant, bascule, le visage dans la vase. Quelques secondes plus tard, les cailloux, la vase et l'eau qui monte prennent une couleur rosée, puis rouge. La barque a disparu, plus un bruit ne vient troubler le clapotis de l'eau dans les ajoncs. Une heure plus tard, l'eau a monté d'un mètre, il ne reste plus de traces du passage d'Alex. Le courant l'a emporté vers un ailleurs indéfini ballotté par les eaux boueuses de l'estuaire.

Nul ne connaîtra jamais la nationalité de la balle, chilienne ? Grecque ? Russe ?....

ÉPILOGUE

Anne n'a plus de nouvelles d'Alex depuis deux semaines. Elle se rend au Sablas, les volets sont ouverts, rien n'indique un départ prolongé. Le lendemain, un entrefilet dans le journal sud-ouest indique qu'un pêcheur a trouvé un noyé dans ses filets au milieu de l'estuaire, à la limite de l'océan. L'état du corps ne permet pas l'identification, la police du Verdon enquête. Trois jours plus tard, elle se rend au commissariat du Verdon. Elle se fait connaître comme étant une amie intime d'une personne disparue, elle vient prendre des informations dans les commissariats de la région. Plus tard, elle apprend que l'autopsie de la personne repêchée révèle qu'elle n'est pas morte noyée, mais a été tuée par balle. Il s'agit donc d'un crime. Il y aura une enquête judiciaire, on ne peut pas lui donner plus de renseignements pour l'instant. Elle laisse son adresse, mais une certitude horrible l'envahit. Le contrat dont avait parlé Sacha douze ans auparavant a été exécuté.

En sa mémoire, elle prend soin du Sablas et lorsqu'il est avéré qu'il s'agissait bien d'Alex, elle fait ouvrir le caveau familial tout proche de la maison et y fait déposer les restes d'Alex à côté de ses parents. Un promeneur curieux passant devant le caveau peut lire sur une modeste plaque de marbre blanc : « *A Alex, mon amour errant. Anne* ».